D1691718

Das Schweigen der Greisin

Impressum

Gesamtherstellung
Bosch-Druck, Landshut

Gestaltung
Klaus Eberlein

Titelblatt-Aquatintaradierung,
Auflage 20 Stück, Format 30 x 22 cm
kann für DM 285,– bei
Klaus Eberlein,
Stockmannstraße 3,
81477 München
erworben werden.

ISBN 3-9803285-8-9

Das Schweigen der Greisin

Elf phantastische Geschichten
von
Norbert Göttler-Westermayr

mit Linolschnitten von
Klaus Eberlein

Literatur bei Arcos
Band 1

Arcos Verlag

Die Deutsche Bibliothek – CIP-Einheitsaufnahme

Göttler-Westermayr, Norbert:
Das Schweigen der Greisin : elf phantastische Geschichten von
Norbert Göttler-Westermayr. Mit Linolschnitten von Klaus
Eberlein. - Ergolding : Arcos-Verl., 1995
 (Literatur bei Arcos ; Bd. 1)
 ISBN 3-9803285-8-9
NE: Eberlein, Klaus [Ill.]; GT

Inhalt

7
Das Schweigen der Greisin

27
Der Nachrufschreiber

41
Deutsche Barockgedichte

53
Der Jungbrunnen

74
Die Schriftstellerin

88
Metamorphose

99
Antiquarische Erinnerung

113
Bronze, Schall und Rauch

130
Salim – oder: Die Verwandlung

155
Das Gipfeltreffen

229
Der Totenhund

Das Schweigen der Greisin

Mit einem unterdrückten Ächzen kletterte Father McJones die letzten Sprossen der Leiter herab und warf den Hammer, den er in den Gürtel seiner Soutane gesteckt hatte, auf den morastigen Boden. Zwischen den Lippen hielt er zwei, drei große Zimmermannsnägel, als er nun umständlich ein Taschentuch aus dem Ärmel zog und sich mit ihm den Schweiß von der Stirn wischte. Unwillig blickte er auf das Dach der kleinen, schiefergrauen Kapelle. An vielen Stellen war es notdürftig geflickt, einige Schindeln waren erneuert und die größten Löcher mit Brettern vernagelt worden. Aber es war eine Sisyphusarbeit. Kein Monat verging, ohne daß McJones neue Wasserpfützen auf den ausgetretenen Granitfliesen des Gotteshauses bemerkte und sich leise fluchend auf die Suche nach seinem Werkzeug machen mußte. Jeder verdammte Sturm, der sich in der Weite des Atlantiks zusammenbraute, um dann tagelang über das schottische Hochland zu fegen, riß gnadenlos neue Löcher in das morsche Holz. McJones runzelte die Stirn. War das Dach vor dem letzten Orkan auch schon so schief gewesen? Je länger er in die Höhe starrte, um so mehr gelangte er zur Überzeugung, daß schon einige kräftige Böen genügen würden, um den ganzen Dachstuhl aus seiner Verankerung zu heben und die Balken mit lautem Krachen über dem Kirchengestühl zusammenbrechen zu lassen. Keine zwei Tage, und jeder Span des Bauholzes wäre in den Kanonenöfen der umliegenden Häuser verheizt, zurückbleiben würden lediglich nackte Granitmauern, die langsam Moos ansetzen und im Sommer den Eidechsen und Blindschleichen als Lebensraum dienen würden. Wieviel Hunderte solcher Ruinen gab es nicht hier im Hochland? Der Geistliche seufzte und zuckte mit den Schultern. Es war ihm klar, daß dann das Ende seiner Tätigkeit hier gekommen sein würde. Weder das ferne Bischofsamt in der Stadt, noch diese schrulligen Dorfbewohner würden auch nur ein halbes Pfund zum Wiederaufbau der Kirche beisteuern. Wozu auch? Sie betraten sie ohnehin kaum, hatten sie den modrig-kühlen Raum doch vor der überraschenden Ankunft des neuen Pfarrers gar als Kartoffelkeller und Hundezwinger genutzt! McJones blickte mißmutig auf die Häuser des Dorfes. Diese späten Wintertage, die die Wege und Plätze in einen abgrundtiefen, stinkenden Morast verwandelten, ließen sie alle gleich elend erscheinen. Hohe Bäume gab es hier oben nicht, und so duckten sich die Hütten hinter verkrüppelte Kiefern und halbeingefallene Steinmauern. Einige von ihnen waren noch mit

fauligem Schilfstroh gedeckt. Keine Menschenseele war zu sehen. Das gottverlassene Nest mochte einmal hundert oder zweihundert Einwohner gezählt haben, die von der Schafzucht lebten oder den kargen Hängen in mühsamer Handarbeit Kartoffeln abrangen. Aber als dann die Gerüchte vom industriellen Aufschwung des Tieflandes in die bis dahin unendlich einsamen Hochtäler drangen, hatte jeder, der auch nur einen Funken Überlebenswillen in sich verspürte, sein karges Paket geschnürt und sich grußlos davongemacht. Kaum einer kehrte jemals zurück. Die wenigen, die es tatsächlich zu bescheidenem Wohlstand brachten, schämten sich ihrer armseligen Heimat, andere hatten weder Geld noch Zeit für nutzlose Reisen in die Vergangenheit. Ganz zu schweigen von jenen, die schon wenige Jahre später auf den trostlosen Friedhöfen ihrer Fabriksiedlung lagen, oder (immerhin besser!) in der unendlichen Weite des Ozeans ein Seemannsgrab gefunden hatten.

Heute lebten hier im Dorf nur mehr einige Dutzend Menschen, spintisierende, zahnlose, uralte Greise, die kaum jemals ihre rußgeschwärzten Hütten verließen. McJones rätselte seit seiner Ankunft, wovon sie leben mochten. Die wenigen, kärglichen Kartoffelgärten konnten unmöglich genügen, und die fünf, sechs Schafe und Ziegen, die in den Gassen wild umherstreunten, waren so dürr, daß er Sorge hatte, ob sie den nächsten Winter noch überstehen würden. Seelsorge! Seit Jahrzehnten hatten sie hier oben keinen Geistlichen mehr gesehen. Weiß Gott, was in den Bischof gefahren war, als er Father McJones zu sich gerufen hatte, um mit ihm seine Pläne, im Hochland alte Pfarrstellen wiederzubesetzen, zu besprechen. McJones atmete tief durch. Er wußte, daß schon der Begriff Seelsorge in diesem Dorf einen Euphemismus darstellte. Ein knappes Jahr war vergangen, seit Father McJones sein Fahrrad erstmals den Feldweg das Hochtal heraufgeschoben hatte – und noch immer hatte er mit keinem der Dorfbewohner einen vernünftigen Satz gesprochen! Sie beendeten sofort ihre Gespräche, wenn sie seiner ansichtig wurden, und verschwanden in ihren Hütten, wenn er auf sie zuging. Und selbst, wenn er sie so verstohlen überraschte, daß sie sein Lauschen nicht bemerkten, verstand er kein Wort ihres gälischen Dialektes. Anfänglich hatte er manchmal an eine der Türen geklopft, war in die niedere Stube getreten und hatte den überraschten Bewohner angeredet. Doch welche Fragen er auch stellte, sein Gegenüber blickte durch ihn hindurch, als sei er Luft. Kleine Geschenke wurden zwar angenommen, aber nicht benutzt. Die Wollhandschuhe, die er einer spindeldürren Alten im Herbst auf den Stubentisch gelegt hatte, lagen seit einem halben Jahr unberührt dort, obwohl dieser Winter das Dorf mit einer mächtigen Schneeschicht überzogen hatte und der Sturm eiskalt durch die Ritzen der undichten Fenster pfiff. In diesem Ort verpuffte jede Art von missionarischer Initiative. Nicht, daß ihn die Menschen hier aus irgendeinem Grund zu hassen schienen, oder daß es in der Vergangenheit einen Grund zu Kirchenfeindschaft und Auflehnung gegeben hätte. Nein, diese Autochthonen schienen einfach nicht zu begreifen, was der Fremde eigentlich von ihnen wollte, der da allmorgendlich in seltsamen Gewändern den kurzen Weg vom Pfarrhaus zur Kirche hinüberschritt, um dort in völliger Einsamkeit die Liturgie zu feiern. Anfänglich hatte McJones, den Rat eines welterfahrenen Missionars befolgend, auf die menschliche Tugend der Neugierde gesetzt. Er hatte einen notdürftigen Altar vor der Kapelle errichtet, die wenigen, unversehrten Heiligenbilder aus dem Pfarrhaus davor aufgestellt und in einer Blechschüssel fast seinen gesamten Vorrat an Weihrauch entzündet, sodaß der liturgische Rauch wie Abendnebel zwischen den Mauern und Zäunen des Dorfes hing. Daraufhin hatte er zwei Stunden lang bis zur völligen Heiserkeit gregorianische Choräle intoniert und über das Leben des Heiligen Franz Xaver in die gespenstische Leere hinein gepredigt. Zunächst hatte er gemeint, aus den Augenwinkeln heraus mehrere Dorfbewohner erkennen zu können, die mit verblüffter Miene vor ihre Häuser traten und das seltsame Schauspiel beobachteten. Nach einiger Zeit aber waren die Straßen so menschenleer wie eh und je, und McJones mußte seinen Versuch erschöpft abbrechen.

Einen kleinen Einblick in die metaphysische Befindlichkeit seiner Schützlinge gewann McJones erst nach längerer Zeit seiner Anwesenheit. Wie es ihm zur Gewohnheit geworden war, hatte er sich beim Morgengrauen des ersten Tag des Monats auf den Weg gemacht, um mit dem Fahrrad den schmalen Weg ins Tal hinunterzufahren, wo er den Bus in die fünfzig Kilometer entfernte Kreisstadt nehmen konnte. Erst kurz vor Einbruch der Dunkelheit war er zurückgekehrt und schob heftig schnaufend – sein Rucksack war mit Büchern und Lebensmitteln prall gefüllt – das Fahrrad durch den kargen Kiefernwald, der sich talwärts an das Dorf anschloß. Plötzlich stutzte er. Hatten sich dort in der Lichtung nicht zwei Gestalten bewegt? Er kniff die Augen zusammen und verschärfte damit seine Sehkraft. Tatsächlich, nach längerem Hinsehen konnte er zwei Frauen aus dem Dorf erkennen. Sie schlurften in gebückter Haltung am Waldrand entlang, als suchten sie etwas. Eine der beiden Alten hielt einen primitiven Weidenkorb in Händen. Hin und wieder schienen sie etwas gefunden zu haben. Dann knieten sie auf den Boden, steckten die Köpfe zusammen und legten etwas in ihren Korb. Mißtrauisch schob McJones sein Fahrrad weiter. Noch nie hatte er um diese Zeit jemanden das Dorf verlassen sehen. Er beschloß, der Sache auf den Grund zu gehen. Zwanzig Meter weiter gab es eine Weggabelung, dort mußten die beiden vorübergehen, wenn sie zum Dorf zurück wollten. Und tatsächlich dauerte es nicht lange, da schienen die beiden Alten genug gesammelt zu haben und machten sich auf den Heimweg. McJones sah sie deutlich näherkommen. Sie trugen knöchellange, schwarze Gewänder aus grobem Sackleinen. Ihre Kopftücher, die bis weit über die Schultern reichten, hatten sie tief ins Gesicht gezogen. Als sie dicht an ihm vorübergingen, trat der Geistliche aus seinem Versteck und stellte sie zur Rede. Die beiden blieben zwar wie angewurzelt stehen, ihre Augen verrieten aber keine Spur von Überraschung oder Überrumpelung. Sie sagten kein Wort. Auch als er seine Frage, was sie denn um diese Zeit noch im Wald gesucht hätten, deutlich wiederholte, zeigten sie keine Reaktion. Jetzt wurde es ihm zu bunt! Energisch griff er nach dem Korb und stellte ihn auf die Erde. Ungeduldig schob er eine Schicht Ampferblätter beiseite, die den Inhalt des Korbes bedeckten und starrte hinein. Ein wirres Durcheinander von Wurzelstücken war das erste, was ihm auffiel. Brennmaterial? McJones überlegte. Nein, dafür waren die Teile zu unerheblich. Sie waren dünn und brüchig. Bei näherem Hinsehen konnte man jedoch erkennen, daß sie alle sorgfältig ausgewählt waren und offensichtlich von verschiedenen Baum- oder Straucharten stammten. Fast alle von ihnen hatten drei Enden, die in gleichem Winkel aus ihrer gemeinsamen Mitte hervortraten. Dasselbe Motiv fiel McJones auf einigen Steinen auf, die auf dem Boden des Korbes zum Vorschein kamen. Eine Handvoll pechschwarzer Rabenfedern vervollständigte den Inhalt des Behältnisses. McJones richtete sich auf. Einen Moment blickte er den Greisinnen verständnislos ins Gesicht. Aber langsam dämmerte es ihm. Diese gottverlassenen Alten hier glaubten an allen möglichen Zauber, nur nicht an die katholische Heilslehre! Das jahrzehntelange Fehlen jeglicher christlicher Mission hatte sie in die Vorstellungswelt ihrer keltischen Vorfahren zurückfallen lassen! Weiß Gott für welche Rituale diese Utensilien des Aberglaubens gebraucht wurden? Mißmutig packte McJones den Korb, leerte seinen Inhalt auf den Waldboden und trat einigemale mit den Füßen darauf. Dann reichte er den Alten den Korb,

die sich, ohne ein Wort zu verlieren, umdrehten und davonmachten. Der Geistliche blickte ihnen nach, bis der aufkommende Bergnebel sie verschluckt hatte. Es war das einzigemal, daß sich der Aberglaube der Dorfbewohner öffentlich manifestiert hatte. Seitdem war nichts Entsprechendes mehr vorgefallen. Aber Father McJones konnte sich des Verdachts nicht erwehren, daß die Greisinnen an ihrem esoterischen Treiben nicht irre geworden, sondern einfach nur eine Spur vorsichtiger geworden waren.

McJones, frommer Kleriker der katholischen Kirche Schottlands, seufzte abermals. Dann legte er die Leiter auf den Boden, suchte sein Werkzeug zusammen und hinkte langsam dem Pfarrhaus zu. Sein Weg führte ihn über den Gottesacker, der die baufällige Kirche umgab. Mehrere Dutzend Grabsteine standen da, über und über mit Moos und Flechten bewachsen, viele von ihnen schief in das weiche Erdreich gesunken. Die meisten der Grabstellen waren mit Steinplatten bedeckt, von denen nicht wenige von Frost und Regen zerbrochen waren und Blicke in die finstere Gruft zuließen. McJones bekreuzigte sich und versuchte, die Inschrift eines Steines zu entziffern, indem er mit der flachen Seite seines Hammers den Moosbewuchs abschabte. Es gelang ihm nicht. So wie er die Dinge beurteilte, war in dieser geweihten Erde seit Jahrzehnten niemand mehr begraben worden. Keine einzige Grabstelle, die irgendwelche Spuren eines Begräbnisses oder einer Totenverehrung aufwies! Es war dem Geistlichen längst aufgefallen, daß auch in dem Jahr, in dem er jetzt hier war, kein einziger Todesfall vorgekommen war. Und das, obwohl fast alle Einwohner über achtzig Jahre waren, manche vielleicht gar neunzig und darüber! McJones hielt an einem völlig vermoosten Grabstein inne und überlegte. Seit dem Vorkommnis im Wald war ihm schon bisweilen der Verdacht gekommen, diese Nachfahren keltischer Zauberer und Kräuterweiber hätten einen eigenen Ritus entwickelt, ihre Toten zu begraben. Er konnte die wenigen Nachbarn des Pfarrhauses, die sich überhaupt noch auf der Straße blicken ließen, immer noch nicht zweifelsfrei identifizieren, aber manche Gesichter, die ihm anfänglich aufgefallen waren, hatte er bestimmt seit mehreren Monaten nicht mehr gesehen. Auch war die Zahl derer, die er verstohlen von seinem Fenster aus beobachten konnte, früher eindeutig größer gewesen als heute. Er fröstelte. Vielleicht waren tatsächlich einige von ihnen mittlerweile gestorben? Vielleicht begruben sie ihre Toten in nächtlichen Zeremonien, weiß Gott wo! Vielleicht mitten im Wald? Oder in den dunklen Ecken ihrer verlassenen Ziegenställe? Und er, der

katholische Pfarrer, lebte fremd und sprachlos unter diesen Heiden, ohne auch nur die Spur einer Ahnung davon zu haben, was um ihn herum geschah! Wenn das Jahr vorüber war, so dachte er bitter, würde er den Bischof um Versetzung bitten! Sollten sich andere mit diesen fossilen Kreaturen herumärgern, wenn es ihnen Spaß machte. Er hatte genug davon, außerdem war das unwirtliche Bergklima hier oben seiner Gesundheit alles andere als bekömmlich.

Vorsichtig setzte McJones Fuß um Fuß auf die schmelzenden Eisplatten, die als letzte Überreste eines naßkalten und stürmischen Winters den Weg zwischen Gottesacker und Pfarrhaus bedeckten. Tagtäglich ging er mehrmals hier vorüber, zwei der armseligsten Taglöhnershütten zur Linken liegen lassend. Das eine der beiden Gebäude war schon vollkommen eingefallen, die Fensterscheiben waren gesprungen, und aus den Löchern im Dach wuchs ein hartblättriges Gesträuch. Das andere aber schien noch bewohnt zu sein. Vor Monaten hatte McJones einige Male an der Klinke gerüttelt, aber die Türe war verschlossen geblieben. Niemand war gekommen, um zu öffnen. Jetzt aber, während des Winters, war öfters ein dünner Faden Rauchs aus dem Kamin gestiegen und ein flackernder Schein hinter den Fenstern deutete darauf hin, daß sich jemand eine Kerze oder eine Petroleumlampe entzündet hatte. Auch jetzt war wieder dieser schwache Lichtschimmer zu bemerken. Mehr aus Langeweile als aus Neugierde trat McJones einige Schritte näher und spähte durch eines der winzigen, fast blinden Fenster. Zunächst konnte er überhaupt nichts erkennen. Immer noch waren die Scheiben von bizarren Eisblumen bedeckt, an denen der Geistliche nun mit nackten Fingern zu kratzen begann. Als er einen kleinen Fleck freigelegt hatte, schaute er so angestrengt hindurch, daß seine Stirn das kalte Glas berührte. Das ganze Haus schien aus einem einzigen Raum zu bestehen. McJones erster Blick fiel auf einen verrußten Kamin, neben dem ein leeres Bett mit einem Strohsack stand. McJones kratzte weiter an der Scheibe und drehte den Kopf. Doch plötzlich wich er erschrocken zurück! „Mein Gott, sie ist tot!" entfuhr es ihm halblaut. Sein Blick war auf ein gespenstisch bleiches Gesicht gefallen, das sich scharf von der Dunkelheit des Raumes abhob. Die Augen der alten Frau, die auf einem Stuhl mitten im Raum saß, blickten sinnlos ins Leere, ihr blutloser Mund war leicht geöffnet. Den Rest des Kopfes verdeckte ein pechschwarzes Kopftuch. Nach einem Moment des Zögerns ließ der Geistliche seinen Hammer in den Schnee fallen und rannte zu der niedrigen Haustüre. Diesesmal ließ sie sich tatsächlich öffnen. Obwohl McJones in seinen vielen Berufsjahren einiges erlebt hatte, klopfte spürbar sein Herz, als er in die modrige Dunkelheit trat, die nur vom flackernden Licht einer kleinen Kerze durchbrochen wurde. Schritt für Schritt näherte er sich seitlich dem Stuhl, auf dem die Alte saß. Ihr Rücken war gekrümmt, doch hatte sie sich auch jetzt noch eine würdevolle Haltung bewahrt. Die spindeldürren Hände lagen auf ihren Knien. Die Gestalt verharrte vollkommen bewegungslos. Schließlich nahm McJones all seinen Mut zusammen, trat noch einen Schritt näher und blickte der Alten in die offenen Augen. Ihm stockte der Atem. Hatte er aus der ganzen Physiognomie dieser Gestalt überzeugend geschlossen, eine Verstorbene vor sich zu haben, so belehrte ihn das Funkeln dieser Augen eines Besseren! Nein, irgendetwas in diesem Menschen lebte noch! „Verzeihung, daß ich hier so eindringe", murmelte McJones unsicher, „aber ich dachte ... Kann ich dir irgendwie helfen, Mütterchen?" Es entstand eine lange, bedrückende Pause. Die Alte reagierte auf keines seiner Worte, doch ihre Augen fixierten ihn unablässig. Dem Geistlichen war sehr unbehaglich zumute. Er hätte gerne den Puls der Alten gefühlt, wagte aber nicht, sie zu berühren. Erst jetzt fielen ihm auf dem schmalen Tisch neben der Alten zwei Utensilien auf, die seiner Aufmerk-

samkeit bisher entgangen waren. Das eine war eine große, dunkle Uhr, die sogar vernehmbar tickte. Und das andere war eine riesengroße, lachsfarbene Muschel! McJones runzelte die Stirn. Wie, zum Teufel, hatte dieses sonderbare Stück aus den Küstenregionen den Weg hier herauf in die Trostlosigkeit des Hochlands gefunden? Vielleicht das einzige Souvenir einer längst vergessenen Hochzeitsreise? Oder das Geschenk eines seefahrenden Enkels, der einstmals den Weg hierher zurückgefunden hatte, dann aber, von der Armut entsetzt, das Weite gesucht hatte und nicht mehr zurückgekehrt war? Die Wahrheit würde nie mehr ans Tageslicht kommen. Die Geschichte dieses Reliktes gehörte ebenso einer längst vergangenen Welt an wie die Biographie dieser Alten, die nicht dem Reich des Todes, aber auch nicht mehr dem des Lebens anzugehören schien.
„Hast du vielleicht Hunger? Ich ... ich könnte dir ein wenig Suppe bringen?" murmelte er jetzt, denn die sonderbaren Augen, die ihn ständig beobachteten, irritierten ihn. Die Alte rührte sich nicht und gab keinen Laut von sich. McJones wartete einen Moment, zeichnete dann mit zwei Fingern das flüchtige Zeichen eines Segens in die Luft und wandte sich dem einzigen Ausgang des Zimmers zu. „Es war mir, als könnte ich durch sie hindurchsehen!" fuhr es ihm beim Hinausgehen durch den Kopf, aber nach

einigen Schritten an der frischen Luft vergaß er diesen absurden Gedanken.

Eine Stunde später kehrte McJones tatsächlich mit einem Blechnapf voll dampfender Gemüsesuppe zurück. Nichts hatte sich verändert, seit er den Raum vorhin verlassen hatte. Er rückte die Uhr beiseite und stellte den Topf auf das Tischchen. Dann zog er aus seiner Soutane einen Löffel und legte ihn daneben. „So, das wird dir guttun", sagte er tonlos. Mit einem Seitenblick beobachtete er die Reaktion der Alten. Nichts geschah. Er schob den Tisch so nahe an die Frau heran, daß sie den Topf erreichen konnte, wenn sie es wollte. „Ich ... ich werde dich morgen wieder besuchen. Ich verspreche es dir!" murmelte der Priester und rieb sich angesichts der Kälte im Raum die Hände. Mit gerunzelter Stirn starrte er auf die Alte. Plötzlich war es ihm wieder, als würde dieser ausgemergelte Körper, der da vor ihm auf dem altmodischen Stuhl saß, zunehmend durchsichtiger! Konnte er nicht deutlich die Umrisse der Stuhllehne erkennen, an dem sie lehnte? Oder den geflochtenen Boden, auf dem sie saß? McJones rieb sich die Augen. Verflucht nochmal! In diesem elenden Nest konnte ja die stärkste Natur irre werden! Er zwang sich, seinen Blick von der Alten zu reißen, und stolperte hinaus.

McJones verbrachte eine unruhige Nacht. Immer wieder fuhr er aus wirren Träumen und wälzte sich in den klammen Laken seines Bettes. Gegen Morgen hielt er es dann nicht mehr aus. Da ohnehin keine Besucher zu erwarten waren, tappte er bereits beim ersten Morgengrauen in die Kapelle hinüber, um die Frühmesse zu lesen. Hastig und gedankenverloren stammelte er die liturgischen Texte herunter und verließ bereits nach einer Viertelstunde die Kirche. Unverzüglich führte ihn sein Weg zur Hütte der Alten. In dem Raum war es angesichts des spärlichen Morgenlichts noch finsterer als gestern, aber McJones konnte deutlich die Umrisse der Alten sehen, die aufrecht und unbewegt auf ihrem Stuhl saß. Auch bemerkte er, daß der Blechnapf immer noch dort stand, wo er ihn gestern zurückgelassen hatte. Die Suppe war unberührt. „Warum hast du nichts gegessen, Mütterchen?" fragte er zögernd und hob seinen Blick. Jäh wich er zurück. „Mein Gott, sie löst sich tatsächlich auf!" entfuhr es jetzt seinen blutleeren Lippen. Gewiß, die Alte saß da wie gestern, doch das entsetzliche Phänomen ihrer zunehmenden Durchsichtigkeit hatte sich deutlich verstärkt! Es war, als säße nur noch ein dunkler, spinnwebenhafter Schatten auf dem Stuhl vor ihm! Hatte sich sein Verstand gestern noch geweigert, dieses Phänomen zur Kenntnis zu nehmen, so konnte er heute seinen Blick nicht mehr von der zerbrechlichen Gestalt der Alten wenden. Der Priester spürte ein Zittern in seinen Gliedern, das nicht von der feuchten Kälte herrührte, die durch die undichten Fugen der Fenster hereinwehte. Während er mühsam nach den Worten eines spontanen Gebetes suchte, starrte er unablässig auf die Alte. Kein Zweifel, man konnte durch sie hindurchschauen! Man erkannte jede Einzelheit des Stuhles, den ihr Körper doch eigentlich verdecken mußte. Man sah durch ihre Beine hindurch jede Ritze und jedes Astloch des ausgetretenen Bretterbodens! McJones schloß die Augen und öffnete sie wieder. An dem sonderbaren Phänomen hatte sich nichts verändert. Freilich meinte er jetzt Unterschiede in der Konsistenz der einzelnen Körperteile wahrnehmen zu können. Zweifellos, der Prozeß der körperlichen Auflösung war nicht überall gleich weit gediehen. Er schien von oben nach unten zuzunehmen. Ja, von den Füßen der Alten war bereits kaum mehr zu erkennen als ein graubrauner Dunst. Nach oben hin jedoch gewannen ihre Konturen an Klarheit, die Schultern traten deutlich hervor, und die Farbe des Kopftuches hatte noch nichts an Intensität verloren. Gebannt starrte McJones in das Gesicht der Alten. Hier konnte er immer noch jedes Detail erkennen. Die eingefallenen Augen, die knochige Nase, sogar die streng gefurch-

ten Linien ihrer Stirn. Und doch – irgendetwas war heute anders als gestern. Forschend und ungeniert studierte der Priester jetzt die Miene der unbewegten Frau. Je länger er so dastand, desto sicherer wurde er. Freilich, es war nur ein flüchtiger Eindruck, aber er war nicht zu übersehen: Die Alte lächelte ihn an! Ihre Augen glänzten, und über ihrem dünnen, zahnlosen Mund lag der Hauch eines Schmunzelns. McJones trat noch einen Schritt näher. War er von den makabren Verwandlungskünsten des nahen Todes getäuscht worden? Nein, es war nicht die sinnlos verzerrte Grimasse eines Leichnams, die ihm da entgegentrat, es war das feine und bewußte Lächeln einer höchst lebendigen Person! McJones versuchte sich eisern zur Ruhe zu zwingen. Was war in einer solchen Situation zu tun? Irgendjemand im Dorf zu unterrichten, war ein völlig sinnloses Unterfangen. Niemand hätte sich auf ein Gespräch eingelassen, geschweige denn, den Priester in die Hütte der Alten begleitet. Ärzte gab es hier oben weit und breit nicht. Schließlich besann er sich seines geistlichen Auftrags. Weiß der Teufel, was hier vorging! Ob die Alte im Sterben lag oder von einem sonderbaren Dämon besessen war, konnte er jetzt nicht beurteilen. Das einzige was er tun konnte war, ihr die Segnungen der christlichen Sakramente zuteil werden zu lassen! Dieser Gedanke beflügelte ihn. Grußlos

verließ er die Alte und rannte hinaus. Erstmals fiel sein Blick dabei auf einen großen Schlüssel, der außen an der Haustüre steckte. Er hätte niemandem erklären können, warum, aber nach kurzem Zögern griff er danach und drehte ihn herum. Mit einem ächzenden Geräusch sperrte das Schloß. Die wenigen Meter zum Pfarrhaus legte McJones mit weitausgreifenden Schritten zurück. Aufgeregt stürmte er in sein Schlafzimmer und suchte nach der kleinen Tasche mit den Utensilien des katholischen Sterbesakramentes, die er seit seiner Ankunft hier oben nie gebraucht hatte: eine winzige, silberne Dose mit geweihtem Salböl, ein schwarzes Sterbekruzifix und zwei Kerzen aus dem schottischen Wallfahrtsort St. Antony. Nach dem Verlassen des Pfarrhauses blieb er nochmals stehen und blickte unschlüssig zur Kapelle hinüber. Sollte er auch noch das Weihrauchfaß und das zerschlissene Buch der römischen Sterbeliturgie holen? Hastig zwang er sich zum Weitergehen. Nein, er mußte sich beeilen, die rituellen Texte und Exorzismen würden ihm trotz der langen Zeit schon wieder einfallen. Nach wenigen Augenblicken hatte er die verfallene Hütte wieder erreicht. Der große Schlüssel knarrte rostig im Schloß. Kurz bevor McJones eintrat, hielt er inne. Er versuchte seine innere Unruhe und sein rasendes Herz zu beruhigen, indem er die Augen schloß und

leise einen Vers aus dem gregorianischen Choral anstimmte. Dann bekreuzigte er sich, drückte die Klinke herab und trat in den dunklen Raum. Wie immer schlug ihm dumpfer Moder entgegen. Nach wenigen Schritten blieb er stehen. Der Choral auf seinen Lippen wurde leiser und leiser und erstarb schließlich in einer mechanischen Bewegung seiner Lippen. Das Zimmer war menschenleer. Der altmodische Stuhl mit den gedrechselten Beinen stand einsam in seiner Mitte, niemand mehr saß darauf. Auf dem Tischchen daneben lag sinnlos die riesige, lachsfarbene Muschel. Die Uhr daneben tickte nicht mehr. Ihre Zeiger aber zeigten die Zeit einer fremden Welt an ...

Der Nachrufschreiber

Ohne seinen dünnen Hals über Gebühr verdrehen zu müssen, konnte G.L. von seinem Schreibtisch aus die emsigen Handgriffe der Arbeiter beobachten, die schwere Rollen Zeitungspapier aus einem Lieferwagen zerrten und auf dem Hof stapelten. Auch heute hatte G.L. gelangweilt die Augenlider gehoben, als das erste Fuhrwerk die beschrankte Pforte passiert hatte. Nicht eines besonderen Interesses wegen verfolgte G.L. tagein tagaus dasselbe Geschehen, sondern allein um die Zeit totzuschlagen, die unendlich zäh und klebrig von der Bürouhr die vergilbten Wände herabzulaufen schien. Genauer gesagt, schien die Zeit in dem winzigen Kellerraum bisweilen gänzlich still zu stehen, den G.L. täglich gegen acht Uhr morgens betrat, um ihn erst abends wieder zu verlassen. Nur äußerst selten klopfte ein Besucher an die schäbige Bürotüre, und wenn es geschah, hatte er mit Sicherheit die Zimmernummer verwechselt. Das mausgraue Telefon auf dem Schreibtisch konnte mitunter in tagelange Schweigsamkeit verfallen, und die wenigen Bücher und Journale im Wandregal bedeckte eine dicke Staubschicht. Tag für Tag nahm G.L. morgens auf seinem Stuhl Platz, starrte auf das Telefon, trommelte mit den Fingern auf die rauhe Tischplatte und wartete. Aber nur selten geschah etwas. Die landläufige Ansicht, Zeitungsredakteure seien agile, von Konferenzen und Telefonanrufen gehetzte, ständig irgendwelchen Stories nachjagende Zeitgenossen, widerlegte G. L. durch seine bloße Existenz. Freilich hatte auch er andere Zeiten gesehen, wenngleich das kleine, dürre Männchen mit den bereits angegrauten Haaren noch nie ein Ausbund von Arbeitswut und Kreativität gewesen war. Um es deutlicher zu sagen: Ein buddhistischer Mönch im Zustand tiefster Meditation hätte keine ausgeprägtere Lethargie an den Tag legen können als G. L.! Dieser für eine journalistische Karriere durchaus hinderliche Umstand hatte ihn in der Hierarchie des Hauses verständlicherweise immer tiefer rutschen lassen. Vom Samstagsfeuilleton beförderte man ihn kurzerhand zu den Regionalseiten, wo man bald genügend Gründe fand, ihn in die Nachtredaktion versetzen zu können. Für gewöhnlich gilt diese Abteilung, wo man zu nachtschlafender Zeit in menschenleeren Redaktionsräumen verspätete Agenturmeldungen zu bearbeiten hat, als unterste Stufe redaktioneller Existenz. Nicht so im Fall G. L.'s. Nachdem ihn die Kollegen der Frühschicht mehrmals in tiefem Schlaf über unausgewertete Fernschreibermeldungen gebeugt vorfanden, beschloß man, drastischere Maßnahmen zu ergreifen: Man machte ein, ehemals als

Rumpelkammer benutztes, auf den Hinterhof weisendes Zimmerchen im Keller des Redaktionsgebäudes ausfindig, möblierte es notdürftig und schickte G.L. dorthin in die innere Verbannung. Um dieser Exilierung wenigstens einen Hauch publizistischer Notwendigkeit zu verleihen, war man auf einen besonderen Kniff verfallen: Man schuf ein neues Ressort und bestellte G.L. als dessen Abteilungsleiter! Bei der Suche nach einem, den besonderen Umständen angepaßten Aufgabenfeld hatte man zunächst seine liebe Mühe gehabt, ehe einem pfiffigen Jungredakteur der rettende Gedanke gekommen war: Könnte man nicht einen eigenen Mann gebrauchen, der sich auf das Abfassen von Nachrufen, von Lobgesängen auf die verblichenen Würdenträger der Gesellschaft spezialisierte? Das mißtrauische Stirnrunzeln der leitenden Redakteure löste sich, als man das Für und Wider eines solchen Vorgehens näher erörterte. Natürlich würde man G.L. nicht mit Nachrufen auf gekrönte Häupter, Staatspräsidenten und Nobelpreisträger beauftragen können, aber da gab es ja auch noch die vielen Philosophieprofessoren, Verbandsvorsitzenden, Fußballclubpräsidenten, ehemalige Filmdivas und in Ehren ergraute Nationaltorhüter, die bisweilen das Zeitliche segneten. Gesagt, getan. Ehe es sich G.L. versah, schraubte man vor sein kryptisch abgelegenes Arbeitszimmer ein Messingschildchen mit der

Aufschrift „Nachrufredaktion", und ein Hausbote versorgte ihn alle paar Wochen mit einigen dürren Agenturmeldungen.

G. L. saß vor seinem Schreibtisch und wartete. Seit Wochen hatte sich der Bote nicht mehr blicken lassen, niemand hatte mehr einen Nachruf bei ihm bestellt. Vermutlich waren in den übrigen Redaktionen längst jüngere Kollegen beschäftigt, die von der Existenz eines schrulligen Nachruf-Spezialisten in den Katakomben ihres Hauses keine Ahnung mehr hatten. Wahrscheinlich gab es überhaupt keinen Menschen mehr, der wußte, welcher wirkliche Name sich hinter dem Autorenkürzel G. L. verbarg. Nach weiteren zwei Monaten wurde das zermürbende Warten selbst dem stoisch seinem Schicksal ergebenen G. L. zuviel. „Wenn du in diesem Kellerloch nicht bei lebendigem Leibe vermodern willst," so fuhr es ihm in einem Anflug von Empörung durch den Sinn, „dann mußt du dein Geschick endlich selbst in die Hand nehmen!" War er nicht vom Chefredakteur selbst zum Ressortleiter der Nachrufabteilung bestellt worden? Was hinderte ihn daran, selbst aktiv zu werden, Recherchen einzuleiten, den Nachrufmarkt gewissermaßen zu analysieren, anstatt auf nie eintreffende Bestellungen zu warten? Die neue Idee beflügelte ihn. Hastig blätterte er in seinen vergilbten Adreßbüchern, Schematismen, Handbüchern und Katalogen. „Hubert K., Vorsitzender des hiesigen Rotary-Clubs, achtzig Jahre ...", murmelte er halblaut vor sich hin, „Baron Wilhelm von D., Ritterkreuzträger und ehemaliger Abgeordneter, zweiundneunzig Jahre ...". Und so ging das weiter. Innerhalb eines Tages hatte G. L. eine alphabetisch geordnete Liste von zehn Persönlichkeiten zusammengestellt, deren Hinscheiden er für die nächste Zukunft in Erwägung zog. Über jeden einzelnen Fall verfaßte er in feierlichen, gesetzten Worten einen Nachruf, der das umfassende Wirken des Verblichenen für Staat, Politik und Gesellschaft würdigte und näheren Aufschluß über seine Lebensstationen gab. G. L. lehnte sich befriedigt zurück. Nun konnte er wirklich nur noch darauf warten, wie sich die Dinge entwickeln würden. Und tatsächlich läutete wenige Tage später das Telefon. Es war der Abteilungsleiter der Regionalausgabe. „Hallo, Herr Kollege, entschuldigen Sie die Störung, ich weiß ja, wie beschäftigt Sie sind. Aber ich bräuchte da ein paar Zeilen, Sie haben doch davon gehört, der alte Gerichtspräsident S. ist vorgestern ..." G. L.'s Augen begannen zu strahlen, der stadtbekannte Jurist stand tatsächlich auf seiner Liste! „Aber ich bitte Sie", entgegnete er liebenswürdig, „ich denke, daß ich Ihnen heute noch behilflich sein kann!"

Es dauerte kein halbes Jahr, da stand hinter allen Namen der ominösen Todesliste sorgfältig ein Kreuz und ein Datum vermerkt. Anfänglich war G. L. noch bei jedem Telefonanruf zusammengezuckt und hatte mit Herzflattern den Augenblick abgewartet, ehe der Redakteur am anderen Ende der Leitung endlich den Namen des Verstorbenen bekanntgab. Würde sein System wieder funktionieren? Es funktionierte immer. Mit tödlicher Sicherheit traf es wieder einen Namen auf seiner Liste. Die Kollegen im Haus äußerten angesichts der schnellen, diskreten und zuverlässigen Arbeitsweise schon ihre Überraschung, G. L. aber erschauderte. Welches böse Spiel trieb da der Zufall mit ihm? Konnten sich nicht Hunderte von anderen bedeutsamen Zeitgenossen finden lassen, die, im biblischen Alter stehend, ihrem Lebensende entgegensahen? Als G. L. den letzten Namen seiner Liste mit einem Kreuzchen versah, zitterte seine Hand, daß ihm der stumpfe Bleistift fast zu Boden fiel. Wie sollte es jetzt weitergehen? Ohne Zweifel mußte er eine neue Liste anfertigen. Nein, besser, er würde nur mehr jeweils einen einzigen Nachruf verfertigen, um daran die grausige Wirksamkeit seiner Arbeit besser überprüfen zu können! G. L. atmete schwer, er mußte sich jetzt Gewißheit verschaffen. Obwohl der Hof menschenleer war, zog er mit einem Ruck die schmutzigen Vorhänge vor sein

Kellerfenster und schloß die Türe ab. Nur noch die nackte Glühbirne, die über seinem Kopf baumelte, füllte den Raum mit käsigem Licht. Kein Laut drang von draußen herein. Mit wenigen Handgriffen notierte G.L. sechs Namen auf ein Notizblatt und malte davor jeweils eine große Zahl von eins bis sechs. Dann kramte er aus seiner abgegriffenen Aktentasche einen Würfel hervor, den er tags davor in einem Spielzeugladen erworben hatte. Hell klapperte das rote Ding über die Holzfläche des Schreibtisches und blieb schließlich mit einer Vier auf dem Rücken liegen. G.L. schloß die Augen! Das konnte doch nicht möglich sein! Absichtlich hatte er in seine Liste einige Namen aufgenommen, die zu jungen, mitten im blühenden Leben stehenden Menschen gehörten. Einen solchen hatte es jetzt getroffen. Hinter der großen Ziffer vier stand auf dem Notizblock: „Mariana U., fünfundzwanzig Jahre, hoffnungsvolles Jungtalent am hiesigen Schauspielhaus." G.L. starrte auf den Block, aber es half nichts, er mußte das Experiment jetzt zu Ende bringen! Mit klammen Fingern warf er einige dürre Zeilen des Nachrufes auf ein Blatt Papier. Als er auf die Todesursache zu sprechen kam, zögerte er zunächst, ließ dann einige Zentimeter frei und füllte sie mit kleinen Punkten. Mit kaltem Schweiß auf der Stirn ging er nach Hause, von ihm unbemerkt war es bereits

Nacht geworden. Tagelang geschah nichts. Als nach zwei Wochen immer noch keine Nachricht vom Ableben der jungen Schauspielerin zu ihm gedrungen war, atmete G.L. wieder freier. Vielleicht war doch alles nur ein entsetzlicher Spuk gewesen, eine Narretei des Zufalls? Ein makabrer Streich, den ihm seine zerrütteten Nerven gespielt hatten? Ist es nicht natürlich, daß alte Menschen einmal sterben? Alle auf seiner ersten Liste waren alt und hinfällig gewesen. G.L. hatte sich etwas erholt, als nach vier Wochen der Hausbote den Kopf in die Türe zu G.L.'s Kellerraum steckte und aufgeregt zischelte: „Herr L., haben Sie's schon gehört, die Mariana U., die bekannte Schauspielerin, na Sie wissen doch ... ein Autounfall, heute morgen ...!" G.L. mußte sich setzen. Nun war es also Gewißheit geworden. Seine Nachrufe zeigten tatsächlich Wirkung, tödliche Wirkung! Wer hätte das je gedacht. Er, G.L., der als absoluter Versager im Kellerloch vegetierte, ein Herr über Leben und Tod! Ein Todesengel! Wie jeder Journalist hatte er sich zeitlebens gewünscht, seine Zeilen mögen in irgendeiner Weise Wirkung zeigen, etwas verändern, etwas in Bewegung bringen. Aber auf diese Weise! Wer konnte so etwas ahnen? G.L. stand auf und ging in seinem Arbeitszimmer auf und ab, wie ein Häftling in seiner Zelle. Langsam kamen seine überreizten Sinne zur Ruhe, und er vermochte seine Gedanken wenigstens halbwegs wieder zu ordnen. Zunächst nur zaghaft, aber immer deutlicher wahrnehmbar, stieg in G.L. ein Gefühl des trotzigen Aufbegehrens hoch. Warum sollte nur er immer der Verlierer sein? Zeitlebens hatte man ihm zu verstehen gegeben, daß er praktisch über gar keine besonderen Fähigkeiten verfüge. Jetzt hatte sich doch eine außergewöhnliche Begabung bei ihm eingestellt, und was für eine! G.L. lächelte boshaft. Warum sollte er sie nicht nutzen, die einmalig sich bietende Chance am Schopf packen und Nägel mit Köpfen machen! Er versank in tiefes Grübeln.

Die folgenden Monate verbrachte G.L. hinter verschlossener Bürotüre mit systematischen Experimenten. Auf seinem Schreibtisch stapelten sich jetzt Adreßbücher, Namenslisten, alte Zeitungsausschnitte und Landkarten. Innerhalb kürzester Zeit vervollkommnete G.L. sein unverhofftes Talent dergestalt, daß zwischen dem Abfassen eines Nachrufes und dessen beabsichtigter Wirkung nur mehr wenige Stunden verblieben. Außerdem brauchte er jetzt nicht mehr die Sterbeursache vage zu umschreiben oder Platz für spätere Eintragungen freizulassen, sondern konnte ohne längere Umschweife die jeweilige Todesursache eintragen, die daraufhin prompt und zuverlässig eintrat. Andererseits, auch das zeigte sich deutlich im Laufe der Versuche, seinem unterirdischen Treiben waren enge Grenzen gesetzt, die Grenzen seines ihm übertragenene Ressorts. Einmal hatte er seine Hausmeisterin, die ihn schon jahrelang beargwöhnte und wegen jeder Kleinigkeit ankeifte, einer feuerspeienden Straßenwalze anempfohlen. Aber das hatte nicht geklappt. Seine Zeitung hätte ja auch niemals einen Nachruf auf eine unbekannte, alte Conciérge gedruckt, allenfalls eine Notiz im Polizeibericht. Ein anderesmal wollte G. L. in einem Anflug politischen Sendungsbewußtseins sämtliche Diktatoren und Despoten der Welt unter schrecklichen Qualen ins Jenseits befördern. Auch das war schiefgegangen. Mehrere Wochen schon hatte G. L. an den entsprechenden Recherchen gearbeitet, als ihm der Chefredakteur auf vorsichtiges Nachfragen patzig bedeutete, daß das Gedenken an solche Kaliber doch nach wie vor den erfahreneren Kollegen vom Außenressort vorbehalten sein solle. Obwohl G. L. die entsprechenden Nachrufe daraufhin dennoch trotzig verfaßte, blieben sie ohne jede Wirkung. Stattdessen zogen Straßenarbeiter wenige Tage später die bereits aufgedunsene Wasserleiche des Chefredakteurs aus einem Kanal, was in der Stadt beträchtliches Aufsehen verursachte. Der pünktliche und einfühlsame Nachruf G. L.'s auf seinen ehemaligen Vorgesetzten fand bei Kollegen

und Freunden allgemeine Anerkennung. Die Erfahrung aber, daß Ressortgrenzen auch für diabolisch begnadete Redakteure unüberwindbar sind, mußte G.L. heftig murrend akzeptieren.

„Hallo, mein Lieber, Sie haben in den letzten Monaten ja prächtige Fortschritte gemacht, man erkennt Sie ja kaum wieder!" G.L. zuckte zusammen, denn, ohne zu klopfen, war der neue Chefredakteur eingetreten und stand nun massig in dem winzigen Kellergemach. G.L. brütete gerade über einer neuen Namensliste, die er nun angesichts der unerbetenen Störung nervös unter der Schreibtischkante verschwinden lassen wollte. Erleichtert stellte er fest, daß der Vorgesetzte kein Mißtrauen geschöpft hatte, sondern unbeirrt seinen Gedankengang fortsetzte: „Nein, im Ernst, Sie haben in letzter Zeit zu unserer vollen Zufriedenheit gearbeitet. Ich glaube fast, daß wir Sie früher etwas verkannt haben." G.L. saß immer noch verkrampft auf seinem Stuhl, sagte kein Wort, sondern beobachtete mit zusammengekniffenen Augen den vor ihm Stehenden. „Also, um es kurz zu machen, lieber G.L., seit dem Hinscheiden meines Vorgängers ist ja personell etliches in Bewegung geraten, kurz: wir möchten, daß Sie die Leitung des Kulturteiles unserer Zeitung übernehmen. Sie sind doch einverstanden?" G. L. rutschte noch ein wenig tiefer und ließ einige Laute des Widerstandes vernehmen. „Nein, nein, Sie brauchen mir nicht zu danken," ließ ihn der Chefredakteur erst gar nicht zu Wort kommen; „bei uns wird Leistung immer belohnt!" Und mit einem angewiderten Blick drehte er sich um in Richtung Türe: „Natürlich brauchen Sie nicht weiter in diesem Loch zu hausen, Sie wissen ja, wo sich die Kulturredaktion befindet. Viel Glück also!"

Es brauchte nur einige Tage in seinem neuen Tätigkeitsfeld, daß sich der furchtbare Verdacht G. L.'s bestätigte: Mit Aufgabe der Nachruf-Redaktion hatte sich seine besondere, sozusagen außergewöhnliche Fähigkeit vollkommen verflüchtigt! Zweimal hatte er noch versucht, einen arroganten Schriftsteller, der ihm einen Interview-Wunsch unter Zuhilfenahme der unflätigsten Verbalinjurien abgeschlagen hatte, mittels Pest und Cholera ins Jenseits zu befördern. Jener aber hatte nur einen leichten Anflug von Grippe verspürt und dem keine weitere Bedeutung beigemessen. G. L. war außer sich. Gerade jetzt mußten ihn seine Kräfte verlassen. Diesen einen Fall wollte er noch auf sein ohnehin strapaziertes Gewissen laden, diesen hochnäsigen Schreiberling noch zur Strecke bringen, dann, ja dann sollte ein neues Leben beginnen. Ein ruhiger Lebensabend als anerkannter, erfahrener Chef des Kulturteiles! Die entschwundenen, dämonischen Kräfte mußten mit dem muffigen Kellerraum in Verbindung stehen, in dem er die letzten Monate zugebracht hatte. Besessen von seiner Idee, schlich G.L. die Nottreppe neben dem Lift hinunter in die Kelleretage und versteckte sich hinter einem dunklen Mauervorsprung. Sein ehemaliger Arbeitsraum hatte schon einen neuen Benutzer gefunden, einen pickeligen Volontär, dem man nur deshalb noch nicht gekündigt hatte, weil man ihn momentan gut für dringende Archivarbeiten gebrauchen konnte. In dem Augenblick, in dem der blasse, junge Mann mit einem sonderbar nervösen Gesichtsausdruck aus dem Zimmer trat, um in der naheliegenden Toilette zu verschwinden, setzte sich G.L in Bewegung. „Jetzt oder nie" fuhr es ihm durch den Kopf, „es ist das letztemal!" Hastig drückte G.L. die knarrende Klinke herab und trat an den Schreibtisch, der jetzt mit Archivalien aller Art vollgepackt war. Mit einem Griff zückte er einen Füllfederhalter aus seiner Jackentasche und begann mit wenigen Worten den Nachruf auf jenen Schriftsteller zu verfassen, der seinen abgrundtiefen Zorn hervorgerufen hatte. Er war fast bis an das Ende des Textes angelangt, als sein Blick zufällig auf ein Stückchen Papier fiel, das aus der Schreibtisch-Schublade

lugte. Sollte er etwas übersehen haben, als er neulich das Büro räumte? Mißtrauisch zog er das abgerissene Blatt heraus, starrte auf die, in schülerhafter Schrift hingeworfenen Zeilen, ohne ihren Sinn zunächst zu begreifen. „Nachruf", stand da dick unterstrichen geschrieben, „Schnell und unerwartet verschied heute während der Dienstzeit der erst kürzlich ernannte Kulturchef unserer Zeitung, der mit seinem Autorenkürzel G.L. einer breiten Leserschaft bekannt geworden ist und sich große Verdienste um unsere Redaktion erworben hat ..."

G.L. wurde es schwarz vor Augen. Er wankte. Vor dem Kellerfenster stapelten Arbeiter schwere Papierrollen auf einen Haufen, und über dem Schreibtisch tickte die altmodische Uhr wie eh und je. G.L. aber sah und hörte bereits nichts mehr.

Deutsche Barockgedichte

Ein Scherz! Es kann nur ein Scherz sein. Ein übler Scherz. Diese Leute wissen nicht, was sie anrichten. Haben nichts besseres zu tun, als mit Albernheiten ihre Mitmenschen zu belästigen. Man sollte keinen weiteren Gedanken darauf verschwenden, sollte das Käseblatt mit dieser Annonce einfach zum Einheizen benutzen! Vorbei der Spuk. Aus und vorbei. Andererseits ... Kann sich irgendjemand X-beliebiger so etwas aus den Fingern saugen? Die Angaben waren präzise. Kurz, aber knochentrocken. Ein Miniatur-Inserat, fast zum Übersehen. „Verkaufe Inselbändchen Nr. 313/2, *Gedichte des deutschen Barock* gegen Höchstgebot. Zuschriften unter Chiffre." Ein teuflischer Scherz! Gut gemacht, das muß man zugeben. Aber als Profi darf man auf solche Machenschaften nicht hereinfallen. Übrigens – der Oberinspektor Hillermeier ist Schuld an der ganzen Aufregung! Er hat mir diese Zeitung auf den Schreibtisch gelegt und die Annonce rot angestrichen. Sie, Herr Amtsrat, hat er gesagt, Sie sind doch auch so ein Büchernarr! Da unter der Rubrik Büchermarkt hat jemand ein Inserat aufgegeben. Wäre das nichts für Sie? Und ganz hinterfotzig geschaut hat er dabei, der Hillermeier! Ob vielleicht er selber ...? Nein, dafür ist er bibliographisch zu beschränkt! Wetten, daß der außer dem Gödel'schen Kommentar zum Verwaltungsrecht noch kein Buch von vorne bis hinten zu Ende gelesen hat! Den kleinen Ratgeber für den Dackelbesitzer vielleicht gerade noch, zugestanden. Aber meinen könnte man es schon manchmal, daß er einem auf diese Weise einen Herzinfarkt aufhängen wollte, um dann die freie Planstelle ... Aber lassen wir das Beamtengezänk! Im Grunde ist es lächerlich! Wegen einer solchen Lappalie sich den Kopf zu zerbrechen. Ein kleines Büchlein. *Deutsche Barockgedichte*. Inhaltlich im Grunde unbedeutend. Abgesehen davon, daß mir Lyrik ohnehin ein Greuel ist. Aber darauf legen es diese Leute ja geradezu an, daß man sich aufregt! Ich habe mich heute nach dem Mittagessen beim Büroleiter abgemeldet. Ich fühlte mich unpäßlich.

26. Februar

Der Buchhändler Deininger ist ein Kamel! Hält sich für einen bedeutenden Antiquar, bloß weil er in einem seiner hintersten Schaufenster ein paar verstaubte Ladenhüter aus dem 19. Jahrhundert feilbietet. Als ich ihn heute zufällig traf und wir ganz nebenbei auf die *Deutschen Barockgedichte* zu sprechen kamen, kannte er den Band nicht einmal! Gelangweilt blätterte er in einem seiner Kataloge, erklärte die Auflage von 1943 wichtigtuerisch für vergriffen, bot mir aber ein Reprint an. Garantiert gleicher Inhalt, Paperback zu sieben Mark und neunzig Pfennigen, lieferbar innerhalb von vierundzwanzig Stunden. Nur die Tatsache, daß bereits mehrere Kunden hinter mir unruhig hüstelten, hinderte mich, handgreiflich zu werden. Reprint? Reprint?? Ob er die Wahrheit ertragen könne, schrie ich ihn an. Ob er nicht wisse, daß die gesamte noch druckfrische erste Auflage der Barockgedichte im Jahr 1943 einem Bombenangriff der Amerikaner zum Opfer gefallen ist? Fünftausend Stück! Ob er nicht wisse, daß nur wenige Stunden davor der Verleger einige Belegexemplare den Paletten entnommen hat und sie damit der erbarmungslosen Vernichtung entrissen hat? Was? Wieviele er entnommen hat? Das weiß der Himmel. Drei, vier, fünf? Gewiß nicht viel mehr. Ob er sich des weiteren nicht vorstellen könne, rief ich, daß diese paar Exemplare heute zu den meistgesuchten Sammlerstücken unter Bücherfreunden zählen, für die schon vor Jahrzehnten enorme Preise bezahlt wurden? Nein, natürlich – er kann nicht! Wie sollte er auch? Er will ja schließlich Paperbacks verkaufen. Krämerseele! Einen Reprint der Barockgedichte will er mir andrehen! Jetzt, wo eine Erstausgabe angeboten wird! Seit über zwanzig Jahren warten

Dutzende von Sammlern auf diesen Augenblick wie eine Herde von Wasserbüffeln auf das Hereinbrechen der Regenzeit. Aber natürlich, es kann sich nur um einen Scherz handeln. Wer verkauft schon sein Inselbändchen Nummero 313/2? Grollend gingen wir auseinander. Ich werde mir einen neuen Buchhändler suchen müssen.

27. Februar
Strahlender Wintertag. Einkäufe erledigt, dann lange im Stadtpark spazieren gegangen. Keine besonderen Vorkommnisse. Übrigens: Ich habe an die bewußte Zeitung geschrieben. Unter der angegebenen Chiffre. Natürlich wird niemand antworten. Das Ganze ist ein Ulk. Das merkt jeder. Aber warum soll man den Leuten ihre Freude nicht vergönnen?

4. März
Jetzt treiben sie es aber zu bunt! Der angebliche Besitzer der *Deutschen Barockgedichte* hat zurückgeschrieben! Anonym. Mit ausgeschnittenen Zeitungsbuchstaben. „BRIEF ERHALTEN. ERWARTE GEBOT UNTER CHIFFRE. KEINE POLIZEI!" Man stelle sich das vor, ein regelrechter Erpresserbrief! Und das Tollste: beigelegt eine Fotokopie der ersten paar Seiten des Bändchens! Ich muß

gestehen, daß mich die Angelegenheit doch aus der Ruhe bringt. Ich habe ein paar Tage Urlaub genommen.

5. März

Eigentlich lächerlich, aber ich habe eine Liste zusammengestellt. Eine Liste aller Büchersammler, die meines Wissens im Besitz eines Inselbändchens Nr. 313/2 sind. War kein Problem, exzessive Bibliomanen kennen einander. Fazit: Es kommen nur vier Leute in Betracht! Da ist zum einen der schon betagte Arzt Friedrich Schulz-Moormann aus Frankfurt. Im Grunde unvorstellbar, daß der hinter der Sache steckt! Seinen Lebensabend, so pflegt er zu sagen, vergälle ihm allein der Gedanke, daß nach seinem Tode die mühsam zusammengetragene Bibliothek in fremde Hände falle. Bisweilen äußerte er gar den Plan, zuguterletzt den ganzen Plunder eigenhändig anzuzünden, falls ihm noch die Kraft dazu verbliebe. Ein Schreck durchfuhr mich. Ich habe einige Monate nichts von ihm gehört. Was, wenn er überraschend verstorben ist und die nichtsnutzigen Erben tatsächlich ...? Oder der Architekt Grünschnabel, dieser Parvenü? Der reist die Hälfte des Jahres durch Europa, kauft auf den Auktionen alles zusammen, was rar und teuer ist, und treibt damit die Preise in schwindelerregende Höhen. Nur um dann damit protzen zu können. Dieser Lackaffe! Aber der würde die Barockgedichte nie und nimmer herausrücken. Nein, auch Grünschnabel kommt nicht in Betracht. Es bleiben also noch zwei Kandidaten. Da wäre die gleichermaßen durchtriebene wie unverheiratete Antiquarin Chrysantheme Fingerle. Auch sie würde einen Verkauf nicht ernsthaft in Erwägung ziehen, aber – und bei diesem Gedanken verkrampft sich mein Innerstes – es ist nicht auszuschließen, daß sie die Urheberin der Annonce ist, nur um den momentanen Marktwert der *Deutschen Barockgedichte* zu ermitteln! Sie war mir immer suspekt, die Dame Chrysantheme! Mein stärkster Verdacht aber fällt auf den Lyriker Dr. phil. Jürgen Beckstein, der zwar ein geistreicher und angenehmer Sammlerkollege ist, dessen Schreibkunst ihren Mann aber kaum ernährt, so daß er im Lauf der Jahre immer mehr auf den Hund gekommen ist. Gut möglich, daß er vor dem nackten Bankrott steht und sich gezwungen sieht, sich von teuren Einzelstücken seiner Sammlung zu trennen. Was also tun? Ich kann keinen vernünftigen Gedanken fassen. Mein Arzt sagt, ich solle einige Tage verreisen. Vielleicht hat er recht.

10. März
Zurück von der Reise. Leider ergebnislos. Habe alle vier Verdächtigen aufgesucht. Meiner Meinung nach scheiden

sie als Übeltäter aus. Schulz-Moormann erfreut sich bester Gesundheit, Grünschnabel befindet sich seit Monaten auf einer Weltreise, der ehemalige Lyriker Beckstein verdient als Werbetexter neuerdings ein Vermögen, und das Exemplar meiner lieben Freundin Chrysantheme Fingerle hat – ich verhehle nicht ein gesetztes Maß an Schadenfreude – ihre dänische Dogge aufgefressen. Unter Tränen zeigte sie mir den kümmerlichen Rest, einige von kräftigen Eckzähnen perforierte Papierfetzen. Den Köter hat sie übrigens erschießen lassen. Angemessen, finde ich. Ich bin also so weit wie vor einer Woche. Es muß einen fünften, bisher unbekannten Besitzer des Inselbändchens Nr. 313/2 geben! Das Jagdfieber hat mich gepackt. Nur jetzt den Kontakt nicht abreißen lassen.

12. März
Ich habe ein Gebot abgegeben. Nur so zum Spaß. Fünfzigtausend. Ja wirklich, fünfzigtausend. Absolut überzogen. Aber das wird ihn umwerfen, den großen Unbekannten. Ihn aus der Reserve locken. Ich verlasse die Wohnung nicht mehr. Er wird über kurz oder lang anrufen oder vor meiner Wohnungstüre stehen. Dann muß er Farbe bekennen!

26. März
Diese Ungewißheit! Seit zwei Wochen keine Nachricht. Es wird doch nicht ein anderer mehr geboten haben? Vielleicht hätte ich doch hunderttausend ...

29. März
Ein neuer Kontakt! Wieder anonym, wieder aufgeklebte Zeitungsbuchstaben. Ich bin noch ganz aufgeregt. Offenbar hat meine Offerte die Konkurrenz aus dem Feld geschlagen. Der Unbekannte bietet mir das Büchlein exklusiv an. Aber zu welchem Preis! Eine Viertel Million! Ein Phantast! Ein Wahnsinniger! Ich werde diesen Unfug einfach vergessen.

30. März
Mit Bankdirektor Neuhauser über einen Kredit verhandelt. Für alle Fälle.

4. April
Seit Tagen sitze ich schon an der Formulierung eines Antwortbriefes. Soll ich ihn bitten? Ihm drohen? Um Bedenkzeit bitten? Auf das Gefühl setzen oder den kühlen Geschäftsmann spielen? Oder vielleicht pokern und gar nicht mehr schreiben? Ich kann keine Briefe an anonyme Gegenüber schreiben. Der Papierkorb quillt über.

10. April
Unerhört! Er hat seine Forderung hinaufgeschraubt. Verlangt jetzt dreihunderttausend! Die Summe werde sich von Woche zu Woche um fünfzigtausend erhöhen, schreibt er. Jetzt wird mir die Sache aber zu bunt! Ich lasse mich nicht unter Druck setzen! Ich habe ihm geschrieben, daß er ein dreckiger, mieser, kleiner Erpresser ist. Ein hemmungsloser Triebtäter. Daß er sich seine Barockgedichte weiß Gott wohin stecken kann. Daß …

20. April
Ich bin völlig verzweifelt! Der Erpresser meldet sich nicht mehr! Die Zeitungsleute schicken meine Eilsendungen zurück. Sie sagen, die Chiffre-Nummer sei aufgelöst. Ich habe sofort eine Annonce in allen deutschen Tageszeitungen aufgegeben. BITTE UM NEUEN KONTAKT IN SACHEN BAROCKGEDICHTE. BIN ZU ALLEN ZUGESTÄNDNISSEN BEREIT. KEINE POLIZEI. Großformatig. Fettdruck. Über eine ehemalige Freundin konnte ich sogar erreichen, daß eine entsprechende Nachricht im Rundfunk verlesen wurde. Mehrmals täglich. Doch alles vergebens. Keine Reaktion. Ich mache mir die bittersten Vorwürfe. Hätte ich nur nie diese bösen Zeilen geschrieben. Sie haben mein Lebensglück zerstört …

23. April
Meine Stoßgebete sind erhört worden. Er hat mir eine letzte Chance gegeben! Für vierhunderttausend würde er mir das Buch verkaufen. Für den Preis hat er übrigens schon mehrere andere Interessenten. Zugegeben, im Grunde ein fairer Preis. Ich bin alleinstehend. Für was sparen? Aber andererseits ... Wenn doch alles nur eine Finte ist? Betrug und Bauernfängerei? Ich muß Sicherheiten haben. Das muß jeder verstehen. Er hat eine neue Chiffrenummer.

28. April
Der Erpresser ist auf meine Forderung eingegangen! Mit der heutigen Post kam eine Originalseite der Barockgedichte. Sorgfältig herausgetrennt. Offenbar mit einem Skalpell. Habe tagelang Papiersorten und Drucktypen verglichen, habe sogar Chrysantheme Fingerle ein daumennagelgroßes Originalfragment abluchsen können. Es kann keinen Zweifel mehr an der Echtheit des Beweismittels geben. Dieser Unmensch ist im Besitz eines Inselbändchens Nr. 313/2. Er fordert eine halbe Million. Ich bin nervlich am Ende.

7. Mai
Habe das Haus verkauft. Lebe jetzt in Miete. Sehr winzig das Zimmerchen. Hinterhof, aber sehr günstig. Den Groß-

teil meiner Bibliothek mußte ich in Kisten verpackt bei einem Großneffen unterbringen. Aber was tut das alles zur Sache? Auf dem rohen Bord über meinem Bett stehen – die *Deutschen Barockgedichte!* Sie verwandeln mein bescheidenes Zuhause in eine Schatzkammer. Alles in mir ist Ruhe und Frieden. Ein Leuchten erfüllt den Raum.

8. Mai
(unleserliche Eintragung)

9. Mai
(unleserliche Eintragung)

11. Mai
Man hat mir die rechte Hand losgebunden, damit ich einige Zeilen schreiben kann. Der Doktor sagt, vielleicht würde mir das guttun. Übrigens, alle in dieser psychiatrischen Abteilung sind sehr zuvorkommend. Die Verpflegung ist in Ordnung. Ich schlafe viel. Nur wenn die starken Beruhigungsmittel nachlassen, steigen die Erinnerungen in mir hoch. An das diabolische Grinsen des Oberinspektors Hillermeiers zum Beispiel, als er wieder mit einem Zeitungsartikel ins Büro kam. An das seltsame Zucken in meinem Großhirn, als ich die Überschrift las. Und schließ-

lich an die Meldung selbst: Daß die verschollen geglaubte Auflage der 1943 im Inselverlag erschienenen *Deutschen Barockgedichte* fast vollständig aufgefunden wurde. In einer alten Lagerhalle. Zwischen kaputten Flugzeugreifen. Druckfrisch und original verpackt. Fünftausend Exemplare. Oder fast fünftausend – vier oder fünf fehlten! Meine Bettnachbarn beschweren sich über mein ständiges Kichern. Die Schwester kommt mit einer Spritze. Sie ist sehr nett. Hillermeier besucht mich manchmal ...

Der Jungbrunnen

Die Nachmittagssonne schien milde durch das Fenster, tauchte das Zimmer in ein mattes, käsiges Licht und spiegelte sich in dem weiß-gelblichen Lack der Metallbetten. Einige Fliegen surrten in der stickigen Luft umher, andere krabbelten träge und stumpfsinnig die Fensterscheibe auf und ab, als ahnten sie ein frisches, abenteuerliches Leben jenseits der doppelten Glasflächen. Hin und wieder wurde eine von ihnen von einem ekstatischen Taumel erfaßt, begann, bald am Lampenschirm anstoßend, bald in den Gardinen sich verfangend, wild durch das Zimmer zu schießen, um schließlich, bereits jeder Sinnesfähigkeit beraubt, mit einem letzten Aufbäumen gegen eine der Fensterscheiben zu prallen und leblos zu Boden zu stürzen. Niemand im Raum beachtete ihren Totentanz. In dieser frühen Nachmittagsstunde waren auch die letzten Reste geistiger Regsamkeit seiner Bewohner einer lähmenden Lethargie gewichen. Vier Männer lebten seit Jahren in diesem Zimmer. Zwei von ihnen konnten allem Anschein nach ihre Betten nicht mehr verlassen. In karierten Schlafanzügen dämmerten sie vor sich hin, wälzten sich hin und her und gaben bisweilen laute Schnarchtöne von sich.

Einen anderen hatte der Schlaf während der Zeitungslektüre übermannt. Er saß vor einem wackeligen Tischchen und war über einem alten Anzeigenblatt zusammengesunken, das zu studieren seit Monaten einziger Lebensinhalt für ihn geworden war. Beim vierten konnte man nicht sicher sein, ob er wachte oder schlief. Er war am ordentlichsten von allen gekleidet, saß aufrecht auf einem Stuhl in der Nähe des Fensters, starrte beharrlich auf einen Punkt auf dem Fußboden und pendelte mit dem Oberkörper permanent vor und zurück. Neben ihm lehnte ein Gehstock mit vergoldetem Knauf an der Wand, Zeichen wenigstens zeitweiliger Mobilität. Aber auch der Besitzer des Stockes zeigte keinerlei Reaktion, als in diesem Augenblick, ohne daß es geklopft hatte, die Türe geöffnet wurde. Stimmen wurden laut, und eine Krankenschwester in weißem Kittel trat ein. Sie warf einen kurzen Blick in die Runde, drehte sich dann um und sagte: „Hier müßte es zur Not noch gehen, solange sonst nichts frei ist. Schieben Sie ihn dort in die Ecke."
Ihr Kommando galt einem jungen Hilfspfleger, der jetzt, eilfertig, aber ein wenig unbeholfen, ein Bett in das Zimmer schob. Auch die Schwester packte mit an, und zusammen dirigierten sie das fahrbare Pflegebett in einen leeren Winkel des Zimmers. Der Pfleger schob ein frisches

Nachtkästchen daneben. „So, das wäre für's erste geschafft!" schnaufte die Schwester und blickte dabei zur Türe, durch die zögernd eine Frau mittleren Alters getreten war. „Hier kann er einstweilen bleiben. Seien Sie unbesorgt, er ist gut aufgehoben bei uns. Sie wissen ja, während der Besuchszeiten können Sie ihn jederzeit besuchen." Mit diesen Worten nickte sie der Frau zu und verließ zusammen mit dem Pfleger den Raum. Die Angesprochene murmelte eine kurze Entgegnung, warf einen scheuen Blick auf die Zimmerbewohner, die keinerlei Notiz von ihr nahmen, und trat dann an das Bett des Neuankömmlings. Der alte Mann, der darin lag und von dem man nur ein blasses Gesicht und eine große, gebogene Nase erkennen konnte, war offensichtlich nicht bei Bewußtsein. Hin und wieder flüsterte er unzusammenhängende Worte, stöhnte leise und lag dann wieder völlig teilnahmslos in seinem Kissen. Die Frau stellte ihre Handtasche ab, strich ihm einigemale über das schüttere, graue Haar und flüsterte ihm beruhigende Worte zu. Dann entnahm sie ihrer Handtasche eine Tüte, öffnete das Nachttischkästchen und legte sie hinein. Sie schüttelte noch einmal die Decke des alten Mannes auf, murmelte den übrigen einen nichterwiderten Gruß zu und verließ, grundlos auf Zehenspitzen gehend, das Zimmer.

Die Einlieferung des komatösen Patienten, eines Herrn Wiesinger, wie sich aus Gesprächen unter den Schwestern ergab, sollte für mehrere Wochen die einzige Abwechslung im Alltag der Männer im Zimmer 27 des Altenheims „Parkfrieden" sein. Zeitlos vegetierten sie dahin. Ihr Dämmerzustand wurde nur von den Mahlzeiten, den Pflegemaßnahmen der Schwestern und den gelegentlichen Visiten von Doktor Gregorius, dem Anstaltsarzt, unterbrochen, der geistesabwesend seine Schützlinge inspizierte und irgendwelche selbstentwickelte, aber harmlose Vitaminpräparate verteilte. Gmeinwieser und Müller, die beiden Bettlägrigen, waren nur einige Stunden am Tag ansprechbar. Dann lauschten sie verständnislos dem Rauschen und Dröhnen eines alten Radioapparates, an dem Max, der Zeitungsleser, pausenlos herumschraubte. Müller regte dieses akustische Chaos in der Regel dazu an, rhythmisch gegen die Wand zu schlagen, mit der Zunge zu schnalzen und unzusammenhängende Sätze zu wiederholen. Gmeinwieser, der Kopf an Kopf mit Müller lag, klatschte dann unentwegt in die Hände und kicherte. Die beste geistige Verfassung schien sich der Mann mit dem Gehstock bewahrt zu haben. Freilich war er wenig zugänglich. Er ging oft stundenlang im Zimmer auf und ab, schweigend, mit dem Oberkörper wiegend und vor sich hinstarrend.

Seiner dichten weißen Haarmähne, seiner buschigen Augenbrauen und seines ungewöhnlichen Gehstockes wegen wurde er von den Pflegern scherzhaft mit „Herr Graf" angeredet. Er quittierte diese Ehre mit bösem Gemurmel und grimmiger Miene.

So zogen sich die Wochen hin. Besuch war selten. Bisher jedenfalls. Mit dem Einzug des Herrn Wiesinger hatte sich zumindest dieser Punkt geändert. Jeden dritten Tag, Punkt 17 Uhr, betrat die besagte Dame mittleren Alters das Zimmer, setzte sich für wenige Minuten an das Bett ihres Schützlings, strich ihm die Decke glatt, ordnete die Utensilien des Nachttisches und murmelte dabei einige Sätze. Wiesinger selbst schien von der Visite kaum Notiz zu nehmen. Er hatte stets die Augen geschlossen und bewegte sich kaum. In seine Nase war ein dünner Plastikschlauch eingeführt worden, der seinen Körper mit einer Nährflüssigkeit versorgte. Nach exakt einer Viertelstunde beendete die Frau ihren Besuch, stellte ihren Stuhl an seinen Platz zurück und verließ das Zimmer.

Eines Morgens gab es eine Überraschung in Zimmer 27. Die Schwester war gerade damit beschäftigt, das Frühstücksgeschirr abzuräumen, als einer der beiden bettlägrigen Alten, ohne ein Wort zu sagen, die Decke zurückschlug, sich ein wenig zittrig aufrichtete und stirnrunzelnd um sich blickte. Dann streckte er zunächst ein Bein, dann das andere aus dem Bett, drehte sich, stemmte sich mit seinen dünnen Armen gegen die Matratze und stand mit einem Ruck auf beiden Füßen. Einen leichten Schwindel überwand er durch tiefes Durchatmen. Dann tappte er barfuß einige Schritte voran, bis er hinter Schwester Martha zu stehen kam und klopfte ihr auf die Schulter. Diese drehte sich unwillig um, glotzte einen Moment lang fassungslos in das Gesicht des Mannes und ließ dann mit einem lauten Aufschrei das Tablett, das sie gerade in Händen hielt, zu Boden fallen. Mit einem heftigen Klirren gingen Schnabeltassen und Teller zu Bruch. „Verzeihen Sie, Schwester", Gmeinwieser mußte sich räuspern, denn er hatte seit zwei Jahren kein Wort mehr gesagt, „aber ich wollte nur fragen, ob wir nicht das Fenster etwas öffnen könnten. Es ist stickig hier." „Herr Gmeinwieser, aber, aber, Herr Gmeinwieser!" stotterte Schwester Martha. „Sie dürfen doch nicht Ihr Bett verlassen, Sie können doch nicht ..." „Ich wollte nur um die Erlaubnis bitten, das Fenster zu kippen."

Die Schwester rang immer noch nach Atem. Dann faßte sie sich, denn in den langen Jahren ihrer beruflichen Tätigkeit hatte sie schon vieles erlebt. Sie nahm den Greis am Arm, führte ihn behutsam an sein Bett zurück und sagte begütigend: „Aber natürlich werden wir das Fenster etwas öffnen, Herr Gmeinwieser. Jetzt legen wir uns erst wieder in das Bett zurück, dann werde ich das für Sie erledigen ..."

Es vergingen nur wenige Tage – Gmeinwieser hatte es sich mittlerweile zur Gewohnheit gemacht, mehrfach am Tag sein Bett zu verlassen und mit den Schwestern ein wenig zu plaudern – als ein neuer Vorfall den Alltag auf Zimmer 27 unterbrach. Es begann damit, daß im Schwesternzimmer heftig die Alarmglocke läutete. Ein Blick genügte, der Hilferuf kam aus Zimmer 27! Schwester Martha setzte sich in Bewegung. Wenige Augenblicke später war sie an Ort und Stelle. Nichts Ungewöhnliches war zu erkennen. Alle fünf Herren lagen oder saßen auf ihren angestammten Plätzen. „Hat von Ihnen jemand geläutet?" Niemand rührte sich. Martha wollte eben unwillig wieder abziehen, als eine dünne Stimme sagte: „Ich, Schwester. Ich habe geläutet." Schwester Martha blickte ungläubig auf den Zeitungsleser, der wie immer an seinem Tischchen in der Mitte des Raumes saß. „Sie Max? Sie haben geläutet?" „Ja, ich habe geläutet." „Und aus welchem Grund, wenn man fragen darf?" Max antwortete nicht, sondern deutete stattdessen mit seinem zittrigen Zeigefinger auf die Zeitung, die vor ihm lag. Die Schwester runzelte die Stirn. „Ich verstehe nicht, was Sie meinen." „Hier! Sehen Sie doch selbst. Was sagen Sie dazu?" Martha starrte verständnislos auf die Zeitung. „Ich kann nichts erkennen. Was meinen Sie?" Max schüttelte den Kopf und deutete nochmals auf das Tischchen. „Nun, was sehen Sie hier?" „Was ich sehe? Eine alte Zeitung." Max nickte grimmig mit dem Kopf. Sein Tonfall nahm an Schärfe zu. „Genau das sehe ich auch. Eine alte Zeitung! Verstehen Sie? Eine alte, uralte Zeitung! Ich habe vorhin den Pfleger nach dem heutigen Datum gefragt. Dieses Blatt ist über vier Jahre alt! Ich hatte längst einen Verdacht in der Hinsicht. Verstehen Sie jetzt? Man gibt mir hier eine Zeitung zu lesen, die vier Jahre alt ist! Was haben Sie dazu zu sagen?" „Aber ... aber, Max, aber ..." „Nichts aber! Für was bezahle ich die hohen Pflegekosten dieses Heimes? Da sollte doch zumindest täglich eine aktuelle Tageszeitung im Service inbegriffen sein. Meinen Sie nicht?" „Ja ... nein ... ja ... selbstverständlich." Schwester Martha, sonst nicht auf den Mund gefallen, verließ fluchtartig das Zimmer.

„Diese Fortschritte sind wirklich sehr erstaunlich!" Doktor Gregorius stand zusammen mit Schwester Martha vor Max, der an seinem Tischchen saß, und ungerührt Kreuzworträtsel löste. Der Mediziner hatte den Patienten eben einer eingehenden Untersuchung unterzogen und eine bemerkenswerte Verbesserung seines Allgemeinzustandes diagnostiziert. Die senile Demenz schien völlig geheilt zu sein, der Patient machte den Eindruck, als wäre er um Jahre verjüngt. Gregorius betrachtete die beiden nachdenklich. „Freilich …," sagte er, „freilich haben meine selbstentwickelten Vitaminpillen auch schon andernorts sehenswerte Erfolge gezeitigt, aber in diesem Ausmaße … ich muß schon sagen! Ich bin überrascht. Überrascht und ein wenig stolz." „Das dürfen Sie auch, Herr Doktor", pflichtete ihm Schwester Martha bei. „Zumal auch die Patienten Gmeinwieser und Müller …" Gregorius blickte auf die beiden, die auf einem der beiden Betten saßen und in ein Schachspiel vertieft waren. „Unglaublich. Sie spielen Schach. Wirklich unglaublich." „Um so schöner für unsere Heimbewohner." „Tja, meine Liebe", sagte der Doktor im Hinausgehen zu Schwester Martha, „bisweilen kann auch die ärztliche Kunst ihre Erfolge verbuchen. Leider sprechen nicht alle Patienten in gleicher Weise auf die Wirkstoff-Zusammensetzung meines Medikamentes an. Für diese beiden bedauernswerten Geschöpfe", – er blickte unauffällig auf den komatösen Wiesinger und auf den Grafen, der finster vor

sich hinstierte –, „für diese beiden bedauernswerten Geschöpfe scheint das rechte Heilkraut noch nicht gefunden zu sein ..."

Doktor Gregorius konnte nicht ahnen, daß es gerade der Graf sein sollte, der wenige Tage später für große Aufregung sorgte. Es war kurz vor dem Nachmittagstee. Alle Zimmerbewohner hatten ihren obligaten Mittagsschlaf gehalten, als einer der Pfleger mit einem Wägelchen die Tabletts hereinfuhr. „Aufwachen, die Herren. Teepause!" Routinemäßig warf er einen Blick in die Runde. Plötzlich stutzte er. „Hoppla, Freunde!" rief er. „Hier fehlt doch einer. Der Graf. Wo steckt der alte Knabe denn?" Trotz ihrer zurückgewonnenen geistigen Frische konnte keiner der drei Männer – der arme Wiesinger lag ohnehin reglos in seinem Bett – Auskunft darüber geben, wo der Graf verblieben war. Sie alle waren eben erst aus ihrer behaglichen Mittagsruhe erwacht. Der Pfleger drehte seinen Kopf hin und her, lupfte die sorgfältig gefaltete Bettdecke des Grafen und bückte sich, als das alles nichts fruchtete, einen Blick unter alle Betten zu werfen. Auch diese Mühe war vergebens. Dann schritt er beunruhigt an das Fenster, um den Mechanismus zu überprüfen, der nur ein Kippen der Fensterflügel erlaubte. Gott sei Dank – der Mechanismus war in

Ordnung. Wortlos verließ der Pfleger den Raum und inspizierte alle sieben Räume seiner Abteilung, die Toiletten, die Flure und Abstellkammern. Es half alles nichts – der Graf blieb verschwunden. Jetzt mußte gehandelt werden! Der Pfleger trommelte das ganze Personal der umliegenden Abteilungen zusammen, man telefonierte mit der Anstaltsleitung, suchte nach Doktor Gregorius und schickte einen Fahrer, Schwester Martha, die ihren freien Tag hatte, ausfindig zu machen. Das hatte noch gefehlt! Ein geistig verwirrter Pensionist aus dem Heim entlaufen! Ehe man zur äußersten Maßnahme, der Einschaltung der Polizei, schritt, wollte man noch einmal systematisch den gesamten Anstaltsbereich durchkämmen. Eine volle Stunde dauerte das mühevolle Unterfangen. Alle Räume des Hauses, jeder Kellerwinkel, jede Speicherecke wurde durchsucht, der Park durchstöbert. Sogar in dem kleinen Teich, der von den gehfähigen Heimbewohnern wegen seiner Goldfische gerne besucht wurde, stocherte man mit langen Stangen und Gartenharken herum. Vergebens. „Es hat alles keinen Sinn", meinte der Heimleiter resigniert zu Doktor Gregorius, als man in der Eingangshalle beieinander stand und über die weiteren Schritte beriet. „Wir müssen die Polizei und die Angehörigen benachrichtigen. Erstmals seit sechsundzwanzig Jahren muß unsere Anstalt einen solchen

Schritt in die Wege leiten!" „Und das in meiner Station!" jammerte Schwester Martha, den Tränen nahe. Ebenso wie den anderen blieb aber auch ihr fast das Wort im Munde stecken, als ihr Blick auf das Eingangsportal fiel, das sich eben mit einem leisen Quietschen öffnete. Herein kam, Hand in Hand mit einer gepflegten älteren Dame aus der Abteilung IIIa, niemand anderes, als unser Herr Graf! Beide waren sie vollständig neu eingekleidet. Die Dame in einem eleganten Chiffon-Kleid, der Graf in einem modischen Tweed-Anzug mit einer roten Nelke im Knopfloch. Beide hatten sie einen neuen Haarschnitt und dufteten nach Haarwasser und Parfum. „Einen schönen Tag, die Herrschaften!" rief der Graf wohlgelaunt und schlenkerte mit seiner freien Hand den goldgekrönten Gehstock. „Übrigens, wie gefällt Ihnen unsere neue Ausstattung? Wir waren in der Stadt. Nur ein wenig bummeln ..." Er zwinkerte vielsagend seiner Begleiterin zu, und die beiden schlenderten kichernd an der sprachlosen Gruppe vorbei.

Es dauerte einen Moment, bis Schwester Martha, der Heimleiter, Doktor Gregorius und die übrigen Beteiligten der Rettungsaktion aus ihrer Lähmung erwachten. Der Arzt faßte sich als erster. „Kommen Sie!" rief er. „Wir dürfen die beiden nicht aus den Augen verlieren!"

Zusammen mit Schwester Martha und dem Heimleiter machte er sich daran, dem fröhlichen Pärchen nachzueilen. Doch im Frauentrakt, wo man die beiden vermutete, war keine Spur von ihnen zu finden. Also machte das Trio kehrt und hastete in die Männerstation zum Zimmer 27. Tatsächlich hörten sie schon von Ferne laute Geräusche, Stimmen und Hallo-Rufe. Schwester Martha riß die Türe auf. Das Bild, das sich ihr darbot, verschlug ihr abermals die Sprache. Der Graf hatte seinen Zimmergenossen eben seine Verlobung bekanntgegeben, der eleganten Dame neben ihm einen Ring an den Finger gesteckt und sie zärtlich in den Arm genommen. Jetzt waren sie im Begriffe, sich leidenschaftlich zu küssen. Gmeinwieser und Müller hüpften in ihren Betten auf und ab und bewarfen das Pärchen lachend mit Kopfkissen und Polstern, während Max auf sein Tischchen geklettert war und mit einem Sektglas in der Hand zu einer feierlichen Festrede ansetzen wollte. „Aber meine Herren ..." Der Heimleiter schlug die Hände über dem Kopf zusammen. „Ich bitte Sie, nehmen Sie doch Vernunft an!"

Auch Doktor Gregorius war außer sich. Er mußte sich setzen. „Diese Wirkung, einfach phantastisch!" flüsterte er tonlos. „Ich bin völlig perplex." Schwester Martha sah den

Mediziner prüfend an. „Sie meinen, es ist die Wirkung Ihrer Medikamente?" „Daran kann kein Zweifel bestehen. Seit sich bei den vieren leichte Verbesserungen abzeichneten, habe ich bei ihnen die Dosis verdreifacht. Ich hielt sie für besonders geeignet für eine Versuchsreihe. Und sehen Sie die Wirkung …" Der Direktor trat auf Gregorius zu. „Wollen Sie damit sagen, daß Sie ein Medikament entwickelt haben, das unseren Gästen einen angenehmeren Lebensabend bescheren kann?" Gregorius nickte zustimmend. „Herr Direktor, ich glaube, bei aller Bescheidenheit …" „Gregorius", fiel ihm der Heimleiter ins Wort. „Sie sind ein Beglücker der Menschheit! Schauen Sie doch selbst! Sie haben einen wahren Jungbrunnen geschaffen!"

„Zugegeben", stotterte der Arzt vor Aufregung, „ich war immer von der durchschlagenden Wirkung meiner Vitaminpräparate überzeugt. Die ausgewogene Mischung aus Vitamin-F-Derivaten, Calciumcarbonat, Ascorbinsäure …"

„Genug mit dem Unsinn, Sie Scharlatan!" Augenblicklich war es totenstill im Raum. Sie alle, die alten Männer, Schwester Martha, der Direktor, sie alle hatten es gehört. Max stieg leise von seinem Tisch herunter. Am deutlichsten hatte es Gregorius gehört. Mit zuckenden Mundwinkeln blickte er den Umstehenden, einem nach dem anderen, ins

Gesicht. Doch keiner bekannte sich zu dieser despektierlichen Äußerung. Alle wirkten sie gleich überrascht und irritiert. „Ich sage Ihnen, lassen Sie sich von diesem Pillendreher keine Märchen erzählen!" Wie auf ein Kommando drehten jetzt alle ihre Köpfe und starrten in die Zimmerecke, aus der die energische Stimme zu kommen schien. Alle Augenpaare richteten sich auf – den vermeintlich bewußtlosen Herrn Wiesinger! Der hatte sich mühelos in seinem Bett aufgerichtet und blickte mit grimmiger Mine auf Doktor Gregorius. „Ich habe Ihre sonderbaren Kügelchen umgehend analysieren lassen, Herr Kollege. Sie helfen genausoviel oder wenig gegen das Altern als der tägliche Genuß einer gemeinen Mohrrübe. Reiner Mumpitz!" Gregorius war käsebleich geworden. „Darf ich mich übrigens vorstellen", fuhr der plötzlich erstaunlich frische Mann im Bett fort und zog behutsam den Plastikschlauch aus seiner Nase, „mein Name ist natürlich nicht Wiesinger, sondern Steiff. Alexander von Steiff, Professor für Psychiatrie und Gerontologie. Ich meinerseits arbeite seit Jahren an einer Substanz, die in der Lage ist, die Alterungsprozesse des Menschen wirklich zu verlangsamen, ja, wenn möglich, sogar aufzuhalten." „Sie … Sie sind Professor von Steiff?" stammelte Gregorius. „In der Tat, Herr Kollege. Nach jahrelangen theoretischen Forschungen und mehreren

Versuchsreihen an mir selbst hielt ich den Zeitpunkt für gekommen, meine Substanz dem rauhen Klima der Wirklichkeit auszusetzen. Doch bevor ich die offiziellen Stellen informierte, mußte ich mir Sicherheit verschaffen. Ein wirksames Verjüngungs-Medikament! Das roch doch allzu sehr nach Scharlatanerie! Meine wissenschaftliche Reputation stand auf dem Spiel. Also mußte ich einen Weg finden, der mir alle Optionen offenhielt. Man sagte mir, daß ich in Ihrer Anstalt besonders hoffnungslose Fälle von Senilität finden könnte. Und – daß irgendwelche medizinischen Maßnahmen, die meine Kreise hätten stören können, nicht zu erwarten seien." Gregorius schnaufte hörbar. „Ich mimte also den Bewußtlosen", fuhr der Wissenschaftler schelmisch fort, „ließ mich hier einschleusen und der Versuch konnte beginnen. Nur über meine langjährige Assistentin war ich mit der Außenwelt verbunden. Sie besuchte mich wie verabredet jeden dritten Tag. Sie verschaffte mir auch sogleich Gewißheit über die völlige Belanglosigkeit Ihres Medikaments, Herr Kollege." Von Steiff hielt einen Moment inne, beugte sich zu seinem Nachttisch, zog die Schublade auf und förderte eine kleine Ampulle hervor. Triumphierend hob er das verstöpstelte Glas in die Höhe. „Dies aber, meine Herrschaften, dies hier ist das wahre Corpus delicti. Eine Substanz, die die

Phänomene des Alterns wirklich zu unterdrücken vermag."
Ein Raunen ging durch den Raum. Die alten Männer blickten sich an. „Eine Schwierigkeit sah ich voraus", fuhr Professor von Steiff fort. „Ich konnte den Schlafenden ja weder Injektionen noch Pillen verabreichen. Ich mußte also eine andere Darreichungsform entwickeln. Kein triviales Problem, das gebe ich zu. Aber es gelang mir schließlich, den Wirkstoff an ein ätherisches Öl zu binden, das der Patient über die Nasenschleimhaut aufnehmen konnte. Ich mußte also nur warten, bis alle schliefen. Dann träufelte ich jedem von Ihnen, meine Herren einige Tropfen dieser Flüssigkeit unter die Nase, und – ob Sie wollten, oder nicht – Sie sogen mit jedem Atemzug ein Stück Jugend ein. Nacht für Nacht, Woche für Woche. Ich hoffe, Sie verzeihen mir diese Indiskretion, aber es war ja nur zu Ihrem Besten!"
Allgemeines Gelächter und Applaus unterbrachen die Ausführungen des Gelehrten. Den auf so überraschende Weise verjüngten Heimbewohnern wurde ihr Zustand erst jetzt so richtig bewußt. Sie stießen einander in die Seiten, klatschten in die Hände, und der Graf legte gerührt den Arm um seine Verlobte. Der Professor hielt abermals das Fläschchen hoch. „Nur ich kenne die Formel dieser Lösung", rief er. „Diese Substanz wird die Welt revolutionieren. Sie werden sehen, in kürzester Zeit werden wir

keine Altersheime mehr brauchen, keine Pflegedienste, keine Gerontologen ..." Die letzten Worte hatte der Professor fast feierlich, mit glänzenden Augen gesprochen. Alle im Raum hingen an seinen Lippen. Nur der Direktor machte ein nachdenkliches Gesicht. Er blickte verstohlen zu Doktor Gregorius, der blaß geworden war. „Und die Formel für ihre Substanz existiert tatsächlich nur in Ihrem Kopf?" fragte Schwester Martha staunend. „In der Tat. Alles andere wäre viel zu gefährlich. Die Pharmaindustrie würde keine Mittel und Wege scheuen, sich in Besitz dieser Formel zu bringen. Da stehen Millionen auf dem Spiel!" „Was ... was wird jetzt geschehen?" flüsterte Doktor Gregorius nervös. „Wann wird die Substanz der Allgemeinheit zugänglich sein?" Professor von Steiff lächelte siegessicher. „Das wird blitzschnell gehen, mein Lieber. Noch heute werde ich die zuständigen Institute informieren. Ein, zwei Jahre und man wird mir die Substanz aus der Hand reißen!" Nochmals trafen sich die Blicke des Direktors und seines Anstaltsarztes. „Mein lieber Herr Professor!" sagte er jetzt und hüstelte. „Ich brauche nicht zu betonen, welche große Ehre es ist, daß Sie gerade unser Haus für Ihren sensationellen Feldversuch gewählt haben. In diesem Moment kann noch niemand abschätzen, welche Konsequenzen diese Tat für einen jeden von uns nach sich ziehen wird. Das muß gebührend gefeiert werden. Bitte, lieber Herr von Steiff, folgen Sie mir ins Direktorium. Wir müssen anstoßen auf Ihren grandiosen Erfolg. Ich zweifle nicht daran, daß mir in diesem Moment ein zukünftiger Nobelpreisträger gegenübersteht. Kommen Sie, lieber Herr Professor, und vergessen Sie ihr Reagenzglas nicht. Es wäre wirklich unverzeihlich, wenn Ihre grandiose Entdeckung durch Unachtsamkeit verschüttet würde." Schwester Martha half dem alten Gelehrten aus dem Bett und reichte ihm einen Bademantel des Hauses. Dann nahmen sie und der Direktor ihn in ihre Mitte und verließen das Zimmer. Doktor Gregorius schlich grübelnd hinterdrein.

Es dauerte keine halbe Stunde, bis die Türe zu Zimmer 27 des angesehenen Altenheimes „Parkfrieden" wieder geöffnet wurde. Zwei Pfleger schoben ein Bett herein und fuhren es in eine Ecke. Sorgfältig stellten sie ein frisches Nachttischkästchen daneben. Überrascht blickten Gmeinwieser und Müller von ihrer Schachpartie auf, Max legte seine Zeitung nieder. Der Graf trat an das Bett des Neuankömmlings. Aus der Decke spitzte nur ein blasses Gesicht und eine große Nase. „Na, Sie sind es Herr Professor", rief der Graf leutselig, „jetzt hätten wir Sie fast nicht erkannt. Können Sie sich von Ihrer alten Rolle so schwer trennen? Wirklich großartig, wie Sie das hingekriegt haben. Sie können sich gar nicht vorstellen, wie dankbar wir Ihnen sind. Sie haben unseren Ruhestand hier wieder lebenswert gemacht." Der Professor rührte sich nicht. Der Graf runzelte die Stirn und trat einen Schritt näher. „Hallo, Herr Professor, warum antworten Sie nicht? Ist Ihnen nicht gut? ... Herr Professor! Herr Professor??"

Die Aufregung über eine vermeintliche wissenschaftliche Entdeckung, so gab die Leitung des Altenheims „Parkfrieden" wenige Stunden später in einem knappen Bulletin bekannt, habe bei Herrn Wiesinger, alias Professor Alexander von Steiff, einen akuten Schub von Dementia senilis ausgelöst und ihn in einen komatösen Zustand versetzt. Leider müsse davon ausgegangen werden, daß der Patient das Bewußtsein kaum jemals wiedererlangen werde. Der Anstaltsarzt, Doktor Gregorius unternehme aber alle Anstrengungen, die Symptome seines geistigen Verfalls zu lindern. Bedauerlicherweise sei bei dem Anfall auch die Ampulle mit der Substanz zu Bruch gegangen, auf die der Gelehrte so große Hoffnungen gesetzt hatte.

Professor von Steiff blieb auf Wunsch seiner Angehörigen bis an sein Lebensende Pflegling des Altenheims „Parkfrieden". Jeden dritten Tag wurde er von seiner ehemaligen Assistentin, einer Frau mittleren Alters, für eine Viertelstunde besucht. Sie strich ihm, einer alten Gewohnheit folgend, die Bettdecke zurecht. Er aber erkannte sie nicht mehr ...

Die Schriftstellerin

Wütend riß die Schriftstellerin das eben erst eingelegte Blatt Papier aus der Maschine, zerknüllte es und warf es in Richtung Papierkorb. Zwar fand der Wurf mit beachtlicher Treffsicherheit sein Ziel, aber der Behälter war bereits so hoffnungslos überfüllt, daß das Papierknäuel darin nicht verschwand, sondern herabkullerte und sich zu den zahlreichen Leidensgefährten gesellte, die den Boden des kleinen Arbeitsraumes bedeckten. Die Kaffeetasse, die neben der Schreibmaschine stand, war leer, nur ein hellbrauner Kreis hob sich vom Weiß des Porzellans ab und starrte die Schriftstellerin mitleidlos an. In alter Gewohnheit tastete die Frau, ohne hinzuschauen, nach dem Papierstapel daneben, hielt aber in ihrer Bewegung inne und ließ ein bereits aufgenommenes Blatt wieder sinken. Sie seufzte, warf ihre Lesebrille auf die Tischplatte und massierte mit Daumen und Zeigefinger ihre Nasenwurzel. Einige Augenblicke verharrte sie regungslos. Dann ordnete sie mit fahrigen Bewegungen ihr schulterlanges braunes Haar, das von mehreren grauen Strähnen durchzogen war und drückte auf den Kipphebel der Schreibmaschine. Das leise Summen aus dem Bauch des Apparates verstummte augenblicklich. Kein zufälliger Besucher wäre auf dieses unschuldige Geräusch aufmerksam geworden, doch der Schriftstellerin, die sich, um Erinnerungen, Bildern und Formulierungen ringend, auf ihrem Bürostuhl hin und her drehte, war es immer unerträglicher geworden. Das Summen schien sich immer häufiger in das heftige Rauschen eines Flusses zu verwandeln, der unbarmherzig alle Gedanken und Einfälle mit sich fortriß. Die Schriftstellerin erhob sich, ging einige Schritte auf die Terrassentüre zu und trat ins Freie. Die frische Luft tat ihr gut. Sie schloß die Augen und atmete tief durch. Worauf hatte sie sich da eingelassen? Sollte sie ihr ehrgeiziges Projekt jetzt schon begraben? Vielleicht war sie noch zu jung, um eine Autobiographie zu schreiben? Taten das andere nicht erst mit sechzig oder siebzig? Andererseits – hatte sie nicht schon genug erlebt? Sie durfte sich jetzt nicht gehenlassen. Ihre Nerven waren überreizt, gewiß. Sie würde sich schon durchbeißen, es waren doch schon fast zweihundert Seiten fertig. Sicherlich war es nur eine vorübergehende Krise, die momentan ihre Kreativität lähmte und den Haufen zerknüllter Manuskriptblätter täglich anwachsen ließ. Ein Spaziergang in die Stadt, dann würde sie mit neuer Energie an die Arbeit gehen. Sorgfältig sperrte sie die Haustüre ab und machte sich auf den Weg.

Von Ferne empfing sie schon das Geschrei einer größeren Menschenmenge. Auf einem der Plätze der Stadt fand an diesem Nachmittag offensichtlich ein Trödelmarkt statt. Die Schriftstellerin trat näher heran und schlenderte an den Tischen vorüber, auf denen altes Küchengeschirr, Kleidung, Comics und Spielzeug bunt durcheinandergewürfelt zum Verkauf angeboten wurden. Die Händler harrten auf Kundschaft. Die Schriftstellerin wollte eben weitergehen, als hinter ihrem Rücken ein dünnes Stimmchen fragte: „Was kostet diese Puppe da?" Sie drehte sich um. Ihr Blick fiel auf ein kleines Mädchen, das auf eine schmuddelige Harlekinsfigur deutete. Sie mußte sich auf Zehenspitzen stellen, um auf das Gewünschte aufmerksam zu machen. „Sieben Mark," antwortete der junge Mann hinter dem Tisch und nippte an einem Pappbecher. „Oh, schade, ich hab' aber nur fünf Mark." Die Stimme des kleinen Mädchens klang bedrückt. „Na, meinetwegen," entgegnete ihr Gegenüber und zuckte gleichgültig mit den Schultern, „dann gib mir deine fünf Mark." Das Mädchen nahm die Puppe in Empfang, drückte dem Händler das Geldstück in die Hand und hüpfte singend davon. Die Schriftstellerin hatte das Geschehen zunächst amüsiert, dann ein wenig nachdenklich verfolgt. Irgendwie kam ihr dieses belanglose Geschehen vertraut vor, als habe sie ähnliches erst vor kurzem miterlebt. Das Kind, der Händler, eine schmuddelige Puppe ... Sie wußte weder wann noch wo. Irritiert faßte sie sich an den Kopf. Ein Déjà-vu-Erlebnis, zweifelsohne! Eine Gedächtnistäuschung. Der Eindruck, als habe man das eben Gesehene in allen Details schon einmal erlebt. Verrückt, aber erklärbar. Die Schriftstellerin versuchte sich die Einzelheiten dieses Naturphänomens ins Gedächtnis zu rufen. Eine synaptische Fehlschaltung im Gehirn, so vergegenwärtigte sie sich, eine irrtümliche Verknüpfung zweier Gedächtnisfelder, die an und für sich nichts miteinander zu tun haben. Irgendwie beeindruckend. Was es alles gibt! Es war das erstemal in ihrem Leben, daß sie ein solches Erlebnis so hautnah verspürte. Ein gutes Zeichen!, dachte sie bei sich und versuchte zu lächeln. „He, zur Seite da vorne, können Sie nicht aufpassen?" Ein derber Ruf riß die Schriftstellerin aus ihren Gedanken. Erschrocken blickte sie um sich. Hinter ihr hörte sie Hufgetrappel und bremsende Räder. In ihrer Geistesabwesenheit war sie mitten auf der Straße dahingeschlendert und hatte einem Kartoffelfuhrwerk, das von einem mageren Pferd gezogen wurde, den Weg versperrt. Das Auffälligste an dem Mann auf dem Kutschbock war sein rotes, unrasiertes Gesicht. Er wog mindestens zwei Zentner und schnaufte vor Arger laut hörbar. Ungeduldig schnalzte er mit den Zügeln und steuerte mit seinem Gespann grußlos an der Schriftstellerin vorbei, die verschreckt zur Seite trat. Im Vorüberfahren entzifferte sie auf dem Gefährt die Aufschrift „Max Mittermüller – Kartoffel – Gemüse". Max Mittermüller? Kartoffelhändler? Die Schriftstellerin stutzte und mußte trotz ihres Ärgers lachen. War denn das die Möglichkeit? So ein Zufall! Erst in einem ihrer letzten Romane hatte sie einen Kartoffelhändler auftreten lassen. Und wie hatte sie ihn genannt? Max Mittermüller! Also, Sachen gibt es! Die Schriftstellerin versuchte sich an die Figur zu erinnern. Ein roher Kerl, der seine Kinder schlug und schließlich dem Suff verfiel. Und jetzt fuhr dieser Mensch leibhaftig an ihr vorüber. Zugegeben, der Name war nicht außergewöhnlich originell, aber daß es wirklich einen Kartoffelhändler dieses Namens gab, war schon ulkig. Vielleicht hatte sie ihn doch schon irgendwo gesehen und ihn unbewußt in ihre Geschichte eingebaut. Schriftstellerei ist doch bisweilen eine recht merkwürdige Beschäftigung, stellte sie fest und setzte etwas betreten ihren Rundgang fort.

„Entschuldigung, ist dieser Platz noch frei?" Die Schriftstellerin schrak aus ihren Grübeleien hoch und erblickte einen jungen Mann, der freundlich lächelnd auf den Stuhl neben ihr deutete. Nachdem sie noch fast eine Stunde durch die Straßen der Stadt gelaufen war, war sie in einem der Cafe's am Rande des Parks hängengeblieben. „Wie? ... Aber bitte", stotterte sie überrascht. „Danke, sehr freundlich!" Der junge Mann knöpfte seinen leichten Trenchcoat auf, zog ihn aus und hängte ihn mit einer lässigen Bewegung auf den Kleiderständer in der Ecke. Dann kam er wieder auf ihren Tisch zu und setzte sich. Er trug einen eleganten, dunklen Anzug mit einer auffälligen roten Krawatte, die von einer Nadel festgehalten wurde.

Die Schriftstellerin sah zuerst die Krawatte. Dann hob sie langsam die Augen und blickte dem Mann vorsichtig ins Gesicht. Sie begann zu zittern. Irgendetwas in ihr krampfte sich zusammen. „Fräulein, einen Tee bitte!" rief der junge Mann der vorbeieilenden Bedienung zu, „Mit Milch!" Mit Milch! Natürlich mit Milch. Lord Matthew Simpson hatte seinen Tee immer mit Milch getrunken. Und er trug mit Vorliebe dunkle, maßgeschneiderte Anzüge mit knallroten Krawatten. Und dieses markante Gesicht! Wie man sich eben einen jungen englischen Aristokraten landläufig vorstellte. Es konnte keinen Zweifel geben. Vielleicht war vorhin der grobschlächtige Kartoffelhändler noch ein Produkt des Zufalls, ein absurder Scherz der Wahrscheinlichkeiten gewesen, aber jetzt war jeder Zweifel ausgeschlossen: Dieser junge Mann, der da ahnungslos vor ihr saß und auf seinen Tee wartete, war niemand anders als Lord Matthew Simpson, eine der beiden Hauptfiguren ihres letzten − zugegeben etwas mißglückten − Liebesromans! Die Schriftstellerin vergrub ihr Gesicht in beiden Händen. War sie verrückt geworden? Spielten ihr ihre überreizten Nerven diesen üblen Streich? Mit tonloser Stimme bestellte sie einen Cognac. Nein, schon der feiste Kartoffelhändler war ein Produkt ihrer schöpferischen Phantasie gewesen. Jedes Detail paßte, sie hatte es nur nicht wahrhaben wollen. Und − natürlich! Jetzt kam ihr auch das kleine Mädchen mit der Harlekinspuppe auf dem Trödelmarkt in den Sinn. Ein Déjà-vu-Erlebnis? Die Schriftstellerin lachte bitter auf. Nein, auch dieses kleine Mädchen hatte sie einmal erfunden, vor vielen Jahren schon. Wie hieß sie doch gleich? Adele ... Amalie ... Agathe ...? Es war nur eine kleine Nebenfigur in einem ihrer ersten Bücher gewesen, Tochter des üblen Immobilienmaklers Schnitzler. Die Schriftstellerin saß apathisch vor ihrem Espresso. Der junge Mann hatte sich hinter seine Zeitung zurückgezogen, sodaß nur manchmal seine schlanke Hand sichtbar wurde, wenn er die Asche seiner Zigarette abstreifte. Das angebrochene Päckchen lag halbverdeckt unter der Speisekarte. Mit geweiteten Augen versuchte die Schriftstellerin einen Blick auf die Zigaretten-

marke zu werfen. Dunhill! entzifferte sie stockend. Natürlich Dunhill! Wie konnte es anders sein? Der junge Mann blätterte geräuschvoll in der Zeitung. Ringsherum bewegte sich der alltägliche Betrieb eines Straßencafés wie an jedem anderen Tag. Aber es war nicht so wie an jedem anderen Tag! Schweißperlen klebten an den Schläfen der Schriftstellerin, während sie durch das große, mit altmodischen Goldbuchstaben dekorierte Auslagenfenster ins Freie starrte. In diesem Moment fiel ihr Blick auf eine Gestalt, die über den Platz schlenderte, ohne Hast die Straße überquerte, auf das Cafe zuging, kurz davor rechts abbog und sich wieder langsam entfernte. Die Gestalt erwies sich als Frau mittleren Alters, die ein indigofarbenes Kostüm trug und ihre braunen Haare zu einem Knoten zusammengesteckt hatte. Die Schriftstellerin starrte der Fremden regungslos hinterher. Ihr Gesicht war aschfahl geworden. Ein Löffel fiel zu Boden. Dann faßte sie sich, warf einige Münzen auf den Tisch, sprang auf und rannte, ohne auf den jungen Mann zu achten, der verdutzt seine Zeitung sinken ließ, aus dem Cafe. Im Freien stockte sie, runzelte die Stirn und hielt verzweifelt Ausschau nach dem indigofarbenen Kostüm, dessen Trägerin sie für einen Moment aus den Augen verloren glaubte. Doch sobald sich ihre Augen an die Sonne gewöhnt hatten, erkannte sie auch schon etwa hundert

Meter entfernt jene Figur, die ihr für einen Augenblick den Atem nahm. Sie mußte Gewißheit haben, keinen Tag würde sie länger leben können, wenn sie ihren bösen Verdacht nicht sofort aus dem Weg räumte! Sie rannte wieder los, bis sie auf etwa dreißig Meter herangekommen war. Ihr Puls klopfte heftig. Mit einer Hand drückte sie gegen die Lende, um das aufkommende Seitenstechen zu beruhigen. Dennoch ließ sie keinen Blick von jener Frau, die da, ohne eine besondere Eile an den Tag zu legen, die Einkaufsstraße entlangging und Schaufenster betrachtete. Einen Moment hielt die Schriftstellerin an, um zu verschnaufen. Alles an dieser Gestalt kam ihr bekannt vor, obwohl sie immer nur die Rückenpartie zu sehen bekam. Der Gang, das Wiegen des Oberkörpers, die gelegentliche Bewegung der rechten Hand, sich die Haare aus der Stirn zu streichen. Auch die Kleidung, die eleganten Schuhe! Sie mußte das Gesicht sehen, erst dann konnte sie sicher sein! Sie mußte alles auf eine Karte setzen! Sie beschleunigte ihre Schritte, mußte einigen lärmenden Schulkindern aus dem Weg gehen, ein Auto aus einer Einfahrt biegen lassen, um schließlich wieder ins Laufen zu kommen. Der Abstand zwischen den zwei Frauen verringerte sich zunehmend. Schon war das Geklingel der dicken, goldenen Armreifen zu hören, die die Frau trug. Als wäre sie der heimlichen Verfolgerin gewahr geworden, schien aber auch die Frau im Kostüm schneller zu gehen. Die Schriftstellerin hinter ihr begann zu rennen. Nur noch wenige Meter, und sie würden sich gegenüberstehen, Gesicht zu Gesicht. Die Schriftstellerin keuchte, Schweiß rann ihr, mit Wimperntusche vermischt, in die Augen und begann höllisch zu brennen. Als sie sich mit einer Hand ins Gesicht fassen wollte, geschah es. Sie nahm den Mann, der vor ihr aus einem Torbogen sein Rad schob, nur noch für den Bruchteil einer Sekunde wahr, und schon prallte sie mit voller Wucht gegen den massigen Körper. Ihr wurde schwarz vor Augen. Als erstes hörte sie wieder das keifende Schimpfen des Mannes, der mitten auf dem Gehweg saß und auf sein zerbeultes Fahrrad blickte. Sie selbst fühlte an ihrer Schulter einen heftigen Schmerz, umklammerte die zerschundene Stelle und rappelte sich auf. Ohne auf das Gezeter des Mannes zu achten, suchte sie angestrengt den Straßenzug ab. Von der Frau im indigofarbenen Kostüm war weit und breit nichts mehr zu sehen! Die Schriftstellerin humpelte einige Meter weiter und mußte sich dann an einer Parkuhr stützen. Es half nichts. Die Gestalt blieb verschwunden.

Es war bereits Nacht geworden, als sich die Schriftstellerin hinkend ihrem Haus näherte. Stundenlang war sie ruhelos durch die Straßen geeilt. Die unglaublichen Begebenheiten dieses Tages hatten sie in vollständige Verwirrung, ja in Panik gestürzt. Ihr Herz hämmerte rastlos, als sie so vor sich hin stolperte. Plötzlich stutzte sie. Brannte da nicht Licht in einem der Zimmer? Ja, es gab keinen Zweifel, es war ihr Arbeitszimmer, aus welchem ein schwacher Lichtschein ins Freie drang. Einbrecher? Diebe? Ach, Unsinn, vermutlich hatte sie versehentlich eine Lampe brennen lassen, weiter nichts. Einbrecher wären kaum so dumm, Licht zu machen. Das beste wäre, einen Blick durch das Fenster zu werfen. Vorsichtig ging sie die letzten Stufen hinauf, drückte sich dann an die Hauswand und schlich daran entlang. Nach wenigen Metern war sie am Fenster des Arbeitszimmers angelangt. Zentimeter für Zentimeter schob sie ihren Kopf näher an die Scheibe. Zunächst konnte sie gar nichts erkennen, doch dann – ihre Augen wanderten gerade über ihren Arbeitsplatz – stieß sie einen leisen Schrei aus! Auf dem Sessel vor ihrem Schreibtisch saß niemand anderes als – die Dame im indigofarbenen Kostüm! Und ein Blick in das Gesicht der Frau genügte, um zu erkennen: Hier saß die Doppelgängerin der Schriftstellerin selber! Still und konzentriert arbeitete sie an einem Text, nippte bisweilen am Rand einer Kaffeetasse und ließ dann wieder mit behender Leichtigkeit ihre Finger über die Tasten der Maschine gleiten. Die Schriftstellerin draußen vor dem Fenster starrte mit offenem Mund auf jede ihrer Bewegungen. Die Gestalt, die da in aller Ruhe vor der Schreibmaschine saß, war ohne Zweifel ihr Ebenbild – und sie war es doch wieder nicht. Man tat sich schwer, die Unterschiede zu erkennen. Sie schien etwas jünger als sie. Ihr Äußeres war irgendwie eleganter, ihre Züge energischer und selbstbewußter. An der Art und Weise, wie sie ihre Gedanken zu Papier brachte, merkte man, daß sie wußte, worauf sie hinauswollte. Da gab es kein unendliches Grübeln, kein nervöses Auf-und-ab-Gehen, kein wütendes Hämmern auf die Tasten, kein hysterisches Blätterzerknüllen. Nein, ruhig und gelassen füllte sie Zeile um Zeile, überflog die Absätze und lehnte sich bisweilen mit einem zufriedenen Lächeln in den Bürostuhl zurück. Nach und nach dämmerte es der Schriftstellerin: Die Dame im indigofarbenen Kostüm war nicht ihr leibhaftiges Double mit all ihren Fehlern und Schwächen, sondern die Verkörperung jener Person, die sie in ihrer Autobiographie geschildert hatte. Sie gebärdete sich haargenau so, wie sie sich selber gerne gesehen und allen anderen präsentiert hatte. Ein Idealtypus ihrer selbst. Ebenso wie Lord Matthew Simpson und der Kohlenhändler, ebenso wie das Mädchen mit der Puppe war sie ein Geschöpf ihrer Phantasie, ihr geistiges Kind. Vielleicht führ-

te sie selbst schon seit längerer Zeit die Existenz eines Phantoms. Vielleicht wurde sie von ihrer Umwelt gar nicht mehr wahrgenommen, dafür aber sie, die andere, die vor ihren Augen bereits in ihrem Sessel saß.

Während ihr diese Gedanken durch den Kopf schossen, nahm die Schriftstellerin eine seltsame Veränderung in sich wahr. Statt daß sich die Verzweiflung weiter gesteigert hätte, fühlte sie eine Woge kühler Gelassenheit in sich aufsteigen. Wäre das wirklich alles so furchtbar, wie sie in ihrer ersten Panik angenommen hatte? Sie hatte sich in ihrer Autobiographie bei aller Zurückhaltung als Autorin geschildert, die auf dem Sprung war, sich literarischen Ruhm zu erwerben. Eine solche Frau saß jetzt vor ihr. Kühn, spritzig, niveauvoll. Eine Schriftstellerin, die ihren Namen zweifellos weithin berühmt machen würde. Eine Frau, die jetzt ihren Platz im Leben eingenommen hatte, ja, ihn viel besser ausfüllte, als sie selbst es je vermocht hatte. Sie, die andere, mußte bleiben, wenn sich die Sehnsüchte ihres Lebens noch erfüllen, die ehrgeizigen Pläne verwirklichen sollten. Sie würde in die Literaturgeschichte eingehen. Eine einmalige Chance, die sich da so verlockend bot. In diesem Moment wußte die Schriftstellerin mit eisiger Klarheit, was sie zu tun hatte. Nur für einen Moment noch blickte sie versonnen durch das Fenster ihres Hauses, ließ den Blick über Bücher, Bilder und Möbel gleiten, wandte sich dann um, machte, um kein unnötiges Geräusch zu verursachen, einige vorsichtige Schritte und verschwand dann mit dem gelassenen Lächeln einer, die das Leben überflüssig gemacht hatte, langsam in der Dunkelheit ...

Metamorphose

Das Unglück, das aus heiterem Himmel über mich kam und mich Tag um Tag mehr dem Wahnsinns zutrieb, hatte einen unscheinbaren, fast lächerlichen Anfang genommen. Ein Haar, ja, ein graues Haar war es, das den Beginn einer entsetzlichen Entwicklung markierte. Eines Tages stellte ich es an meiner rechten Schläfe fest. Ein graues Haar, wenige Zentimeter von meinem Ohr entfernt, fast vollständig verborgen von der dichten Fülle meiner im übrigen tiefschwarzen Locken. Das war alles. Freilich, wenn ich gewußt hätte, daß dieses unschuldige graue Härchen sozusagen den seidenen Faden darstellte, an dem mein zukünftiges Lebensglück hängen sollte! Wie oft schlug ich mir in den folgenden Monaten auf die Brust und seufzte? Wenn es möglich gewesen wäre, damals das Unglück durch rasches Eingreifen im Keim zu ersticken, wahrhaft, ich hätte mir auf der Stelle den Schädel rasieren lassen, und kaum jemand hätte mich davon abhalten können, sogar Teile meiner Kopfhaut preiszugeben. So aber nahm ich die Sache gelassen. Ein wenig früh für einen Mann, der die Dreißig kaum überschritten hat, dachte ich und zupfte gedankenverloren den Fremdling aus. Wenige Tage später erblickte ich an derselben Stelle fünf graue Haare. Auch sie entgingen meinem Zugriff nicht. Doch je häufiger ich zur Pinzette greifen mußte, je mehr Zeit ich morgens vor dem Spiegel verbrachte, desto unaufhaltsamer nahm die Zahl der silbernen Fäden auf meinem Kopf zu. Immer mehr Mitglieder meines ehedem so stolzen Haupthaares schienen ihrer schwarzglänzenden Färbung leid, ermatteten, blichen aus und welkten in wenigen Tagen wie Wüstenblumen nach Ende der Regenzeit. Einer ansteckenden Seuche gleich verbreitete sich die Graufärbung von der Stelle über meiner rechten Schläfe aus, dort, wo ich den ersten Störenfried bemerkt hatte. Wie Schimmelpilz! so fuhr es mir durch den Kopf, als ich ratlos vor dem Spiegel stand, wie giftiger Mehltau! Einen Umstand indes konnte ich mir nicht erklären. Die farbliche Metamorphose meines Haupthaares ging nur auf der rechten Seite meines Kopfes vonstatten! So sehr ich auch suchte, auf der linken Hemisphäre meines Schädels konnte ich nicht ein einziges graues Haar entdecken! Wer mich von links betrachtete, dem trat nach wie vor jene tiefschwarze Haarpracht vor Augen, die mein Antlitz seit Kindheit wirkungsvoll umrahmt hatte. Ja, es hatte sogar den Anschein, als wäre dort der Haarwuchs dichter, die Farbe glänzender, die einzelnen Haare kräftiger denn je. Instinktiv wendete ich jedem Gesprächspartner

diese unbeschädigte Seite meines Hauptes zu, bis sich schmerzende Verspannungen im Genick einstellten und ich die Konversation abbrechen mußte. Einige Wochen nahm ich diese verrückte Laune der Natur mit Galgenhumor hin, dann flüchtete ich verzweifelt zu meinem Friseur und ließ ihn das schwärzeste Färbemittel anrühren, das sein Chemieschrank bereitstellte. Für's erste war ich gerettet.

Doch wie erschrak ich, als ich nach wenigen Wochen bemerkte, daß sich auch meine übrige Körperbehaarung – Wimpern, Augenbrauen, Bart, Achselhaare – grau zu färben begannen, und das wiederum nur auf der rechten Körperhälfte! Zudem nahm ich auf dem Rücken meiner zittrigen rechten Hand erste braune Flecke wahr. Stundenlang starrte ich auf sie, und es war mir dabei, als könnte ich die Geschwindigkeit ihrer Ausbreitung mit dem bloßen Auge wahrnehmen. Meine Haut wurde tagtäglich faltiger, trockener, runzeliger. Entsetzlich! Ich nahm einige Wochen Urlaub, von ernsthafter Arbeit konnte ohnehin keine Rede mehr sein. Wie benommen lief ich durch die Straßen, versuchte mich abzulenken, auf andere Gedanken zu kommen. Nach einigen Tagen hatte ich mich wieder gefangen, doch mit aller Brutalität legte die Realität ihren kalten Arm um mich, als ich nach einem kräftigen Biß in einen Apfel ein sonderbares Ziehen in meiner rechten Backe verspürte. Mein tastender Finger suchte vergeblich, er griff in eine kaum blutende Lücke. Ein Zahn fehlte. Eine nähere Untersuchung ergab, daß bereits drei weitere Zähne nur mehr locker im Kiefer saßen und wohl bei nächster Gelegenheit jeglichen Halt verlieren würden. Gleichzeitig begannen fast alle Gelenke meiner rechten Körperhälfte zu schmerzen. Zunächst unmerklich, dann immer deutlicher begann ich zu hinken, da sich die steife Hüfte und der geschwollene Knöchel jeder schnellen Fortbewegung widersetzten.

In panischem Schrecken konsultierte ich mehrere Ärzte. Stundenlang saß ich in Wartesälen, füllte Fragebögen aus und ließ schließlich Untersuchungen jeglicher Art über mich ergehen. Das Ende des Liedes war immer dasselbe. Tütenweise Medikamente und Vitaminpräparate, hilfloses Schulterzucken und aufmunternde Worte der verschiedensten Koryphäen. Wie sie die Sache auch drehten und wendeten, ich mußte zur Kenntnis nehmen, daß ich, der ich mein viertes Lebensjahrzehnt noch kaum begonnen hatte, einem dramatischen Alterungsschub ausgesetzt war. Freilich, meine körperliche Verfassung mit einem allgemeinen Verfall zu kennzeichnen, hieße, nur die halbe Wahrheit zu sagen. Nein, der Alterungsprozeß vollzog sich ja nur auf der rechten Körperseite. Meine linke Hälfte strotzte vor Gesundheit, Haut und Haare glänzten seiden, die Muskeln traten kraftvoll hervor und die Gelenke vollzogen geschmeidig ihren Dienst. Überhaupt – die Organe meiner linken Hemisphäre wuchsen geradezu über sich hinaus, als müßten sie die Defizite ihrer Gegenüber ausgleichen, ja, um ein vielfaches kompensieren! Während ich mit dem rechten Auge kaum noch Umrisse erkennen konnte, verbesserte sich links die Sehschärfe deutlich. In das linke Ohr – sein rechtes Pendant war seit Wochen völlig taub – mußte ich mir nachts Watte stopfen, um überhaupt noch einschlafen zu können, denn ich hörte mit einer schmerzenden Präzision das Flüstern der Nachbarn, das Brummen der Heizungsanlage drei Stockwerke unter mir, sogar das Malmen der Holzwürmer im Dachgebälk. Es brauchte mehrere Wochen, ehe ich die furchtbare Wahrheit ertragen konnte: In dem Maße, in dem meine rechte Körperhälfte in atemberaubendem Tempo alterte und dahinwelkte, verjüngte sich ihr linkes Gegenüber! Konditionsmäßig war ich fit wie nie zuvor. Das Herz – dem Himmel sei Dank, auf der linken Brustseite plaziert – pumpte mit unerschütterlicher Gelassenheit, was immer ich ihm auch an körperlicher Anstrengung abverlangte. Die Ärzte unternahmen die anstrengendsten Übungen mit mir und reichten mir dann freudestrahlend den Ausdruck der EKG-Geräte. Herzstechen und Rhythmusstörungen kannte ich seit Monaten nicht mehr. Was tat es, daß mein rechter Lungenflügel kaum noch funktionierte, leistete doch der linke die doppelte und dreifache Arbeit! Allein die Leber machte Beschwerden, sie lieferte katastrophale Werte, ein verständlicher Umstand, weiß man doch um die Position dieses Organs im rechten Teil des Bauches!

Wen wird es verwundern, daß sich mit den Prozessen meiner körperlichen Verwandlung auch meine Persönlichkeit änderte. Nicht nur, daß mit dem gespaltenen Zustand meines Leibes zwangsläufig eine psychische Konfusion einherkam – Lebensgefühle jugendlicher Spannkraft wechselten immer rascher und abrupter mit denen seniler Gebrechlichkeit – nein, auch innerhalb meines Gehirnes schien die Natur fatal aus den alten Gleisen der Menschheitsgeschichte geworfen zu sein. Während mit einemmale hunderte von Namen, Gesichtern und Daten wie ausgelöscht waren (nahezu stündlich vermehrte sich die Zahl der Verluste), tauchten andererseits Erinnerungen an die Oberfläche meines Geistes, die seit frühester Kindheit verschüttet schienen. Plötzlich konnte ich mich mit detailgetreuer Präzision an den Verlauf von Schulstunden oder an wörtliche Dialoge mit den längst verstorbenen Großeltern erinnern. Diese neuerlichen Veränderungen jagten mir kalte Schauer über den Rücken. Wohin würde mich meine Verwandlung (ich weigere mich beharrlich, von einer Krankheit zu sprechen) noch führen? Würde sie mich in den Wahnsinn, in die Schizophrenie treiben? Bemerkte ich nicht jetzt schon eine sonderbare Veränderung meines Charakters? Mit einem letzten Rest analytischen Verstandes begann ich zu grübeln. Linkshemisphärisch, rechtshemisphärisch? Irgendwas war doch da gewesen? Mit meinem linken Bein sprang ich durch die Wohnung wie ein Zirkusartist und holte mühsam mein medizinisches Lexikon vom Regal ...

Je länger sich der Prozeß meiner Metamorphose hinzog, umso deutlicher wurde eines: Meine anfängliche Hoffnung auf einen Stillstand, wenigstens auf eine Verlangsamung des Prozesses, dem ich ausgeliefert war, erfüllte sich nicht. Ich hatte es mit einem Geschehen zu tun, das unaufhaltsam und unumkehrbar war! In wilder Panik lehnte ich mich gegen diese bittere Wahrheit auf, betäubte mich sinnlos mit Alkohol und Medikamenten. Das Erwachen nach kurzen, bleischweren Stunden des Rausches war jedesmal fürchterlich. Gott sei Dank ist diese Phase des Widerstandes vorüber. Jetzt, da ich mich seit Tagen in mein Zimmer eingeschlossen habe und die Stunden nur mehr im Bett verbringe, habe ich mich mit meinem Schicksal einigermaßen versöhnt. Jedes Bedürfnis nach Kontakt mit der Außenwelt, auch nach Aufnahme von Nahrung ist mir abhanden gekommen. Stundenweise spüre ich meine rechte Körperhälfte nicht mehr, sie ist bewegungsunfähig und taub. Wenn meine Gedanken sich zu sehr auf ihren Zustand konzentrieren, befallen mich zwar immer noch fürchterliche Depressionen und Weinkrämpfe, aber die Erfahrungen der letzten Monate haben mir Gegenmittel in die Hand gegeben. Mit allen geistigen Kräften, deren ich noch fähig bin, lenke ich in solchen Situationen meine Konzentration auf meine linke Körperhälfte. Ich versuche meine Augen über die sanften Formen meiner Hände und Finger gleiten zu lassen, betrachte meinen dicken, unbehaarten, linken Arm und führe meine Finger zum Mund. Unendlich langsam, aber mit absoluter Zuverlässigkeit folgt diesen Anstrengungen der Stimmungswandel. Ein Gefühl der Beruhigung, ja, der leisen Heiterkeit befällt mich dann. Mein Schluchzen verebbt, die Gesichtszüge lösen sich, ich wiege den Kopf hin und her und bisweilen entschlüpft ein leises Kichern meinen Lippen. Vermag ich mich in diesem Zustand völlig zu entspannen, steigert sich mein Wohlbefinden bis zur

Euphorie. Momente nie gekannten Glücks durchfluten mich. Freilich geht diese rauschhafte Ekstase mit einer erheblichen Trübung meines Bewußtseins einher. Wirre Phantasien treten vor mein geistiges Auge, Erinnerungsfetzen aus frühkindlichen Tagen steigen in meinem Inneren hoch, durchsetzt mit exotischen Stimmen, Tönen und Gerüchen. Spätestens dann entgleitet mir vollends die Herrschaft über die Wirklichkeit. Ich bin nicht mehr in der Lage, logische Zusammenhänge zu ordnen, vielmehr nehme ich nur noch die elementaren Bedingungen meiner kümmerlichen Existenz wahr: Licht und Schatten, Wärme und Kälte, Sättigung und Hungergefühl. Ich rolle mich zusammen wie ein Säugling und sauge an einem meiner Finger. All dieses wohlig-animalische Fühlen wird durchdrungen vom dumpfen, regelmäßigen Pochen meines Herzens, das mich bis hinein in einen stundenlangen Tiefschlaf begleitet ...

Ich weiß nicht, wie lange ich bereits isoliert von aller Außenwelt dahinvegetiere. Aber ich weiß, daß sich seit heute morgen, acht Uhr dreißig, etwas Entscheidendes in meinem Leben geändert hat. Mein Bewußtsein hat sich von meinem Körper, besser gesagt: von meinen beiden Körperhälften getrennt. Es hat sich von den so ungleichen

Brüdern gelöst. Mein endlich wieder vereintes Ich befindet sich irgendwo oberhalb jenes, durch eine entsetzliche Laune der Natur entstellten Körpers, blickt auf ihn herab, beobachtet ihn mit einer Mischung aus Neugier, Ekel und zärtlichem Mitleid. Starr und kalt liegt der rechte Teil jenes fremden Leibes unter mir, die Extremitäten bizarr von sich gestreckt. Mumienhaft tritt das Skelett hervor, die dünne Haut hat einen bläulich-grauen Hauch angenommen. Ganz anders die linke Hälfte! Die dicken, rosaroten Gliedmaßen sind völlig ineinander verschlungen, sind mit dem duftenden, weichen Leib zu einer Einheit verschmolzen. Wie eine riesige Kaulquappe, wie ein gigantischer Embryo liegt diese Seite meiner selbst auf der Matratze, nichts kann sie wecken, nichts sie aus ihrem pränatalen Paradies vertreiben. Ich weiß nicht, wie lange ich auf jenen Leib geblickt habe, der irgendwann, vor unendlich langer Zeit mein Zuhause, meine irdische Hülle war. Ein unendlich befreiendes Gefühl der Ganzheit durchdringt mich. Erstmals seit dem Beginn meiner Leidenszeit fühle ich mich nicht mehr wie lebendig halbiert, spüre ich nicht mehr jene schmerzende Zäsur, die mein Innerstes zerstörerisch durchschnitt. Es ist, als habe ich eine schwere Aufgabe gelöst. Ich wende mich ab. Wie sich die Reste eines Traumes beim Erwachen verflüchtigen, so schwindet nun die Erinnerung an mein irdisches Leben, verblassen die Farben und verwischen die Konturen meiner bisherigen Existenz.

Antiquarische Erinnerung

„Haben Sie 'was Jungfräuliches auf Lager?" Josefa Mäusle zuckte derart zusammen, daß der schwere Goldschmuck an ihren schon bedrohlich ausgedehnten Ohrläppchen ins Baumeln kam. Der Herr war von hinten auf sie zugekommen, hatte sich verstohlen umgeblickt und erst, als er sich ungestört wähnte, aufgeregt diese Frage in ihr Ohr gezischelt. Josefa Mäusle musterte mißtrauisch den kleinen Mann mit Hut und hellem Trenchcoat, schaute sich ebenfalls nach unerwünschten Zuhörern um und deutete nach einigem Zögern zur Hintertüre. Ohne auch nur ein Wort zu verlieren, öffnete sie den Verschlag und trippelte einen engen, dunklen Flur entlang, den ihr gewaltiger Körper fast ganz ausfüllte. „Machen Sie die Türe hinter sich zu!" murmelte sie verheißungsvoll. Der Mann, der ihr dicht gefolgt war, gehorchte schweigend. Nach wenigen Schritten standen sie vor einer verschlossenen Holztüre und die alte Dame begann in ihrer Tasche zu kramen. „Aber Vorsicht beim Anfassen!" krächzte sie, noch ehe sie den verrosteten Schlüssel gefunden hatte. „Können Sie überhaupt bezahlen?" Der Mann nickte unmerklich, und endlich öffnete sich knarrend das Schloß. Sie traten ein, und die Augen des kleinen Mannes bekamen einen leuchtenden Glanz. Auf einer Holzpritsche vor ihnen lag sie – eine riesige Kiste voller alter Bücher, Rücken an Rücken, das verführerische Odeur von vergilbtem Papier und brüchigem Leder ausstrahlend! Die Antiquarin hatte nicht zuviel versprochen, das erkannte der fachmännische Blick des Mannes auf den ersten Blick. Jungfräuliche, also vom Personal des Antiquariats noch nicht begutachtete und geschätzte Ware war es zudem. Vermutlich ein eben eingetroffener Nachlaß. Eine solchermaßen unerforschte Schatzkiste ist keineswegs ungefährlich. Sie ist vielmehr geeignet, den ohnehin labilen Blutdruck eines passionierten Sammlers bedrohlich in die Höhe zu treiben, hofft dieser doch stets, unter dem vielen Plunder bibliophile Kostbarkeiten zu entdecken und – Balsam jedes Sammlerherzens – unerkannt, also zu einem Spottpreis den gestrengen Augen des Antiquars entführen zu können. Häufig ist das nicht, aber es kommt vor. Von solch einem Ereignis zehrt der Sammler ein Leben lang, auch läßt er seine Mitmenschen ausgiebigst daran teilhaben – der scheue Voyeur im Sammler entpuppt sich dann als hemmungsloser Exhibitionist! „Ich lasse euch jetzt alleine" ‚wisperte Frau Mäusle verständnisvoll, und die Augen des Herrn im hellen Trenchcoat glänzten dankbar.

Josefa Mäusle führte das kleine, aber gediegene Antiquariat seit nunmehr siebenundzwanzig Jahren. Genauer gesagt, es gehörte ihr nur zur Hälfte. Zusammen mit ihrer ebenfalls unverheirateten Schwester Wilhelmine hatte sie den Laden von ihren Eltern übernommen. Inhabern von Antiquariaten geht bisweilen der Ruf voraus, einer gewissen Skurrilität nicht zu entbehren. Das Geschwisterpaar Mäusle jedenfalls war nicht dazu in der Lage, dieses Vorurteil zu entkräften. Durch eine penible, um nicht zu sagen: durchtriebene Geschäftspolitik zu reichlich Wohlstand gekommen, pflegten die beiden ältlichen Damen eine gewisse Distanz zu allen Modetorheiten der Gegenwart, kleideten sich nach Art (weiß Gott, möglicherweise auch noch mit den Sachen) ihrer verstorbenen Mutter und entwickelten im Lauf der Zeit eine erfolgreiche Symbiose aus altjüngferlicher Gediegenheit und beschlagenem Geschäftssinn. Agatha Christie jedenfalls hätte ihre helle Freude an den beiden gehabt! So konnte es zum Beispiel vorkommen, daß Josefa – in diesen Dingen eher bewandert als ihre Schwester – mit einem uralten, unsäglich klapprigen Damenfahrrad vor dem nobelsten Auktionshaus der Stadt vorfuhr, eine Zeitlang mißmutig den Lauf der Versteigerung über den Rand ihrer Goldbrille verfolgte, um schließlich aus einer schäbigen Handtasche einen dicken Pack Tausendmarkscheine zu ziehen, sie dem verblüfften Auktionator auf den Tisch zu knallen und erhobenen Angesichtes und die konsternierten Mitbieter ignorierend, siegreich die Konkurrenz zu verlassen. Die dergestalt erworbene Kostbarkeit umwickelte sie mehrfach mit altem Zeitungspapier, klemmte sie in den Gepäckträger ihres Velozipeds und radelte davon. Niemals investierte die alte Dame ihr Geld umsonst, ihr feines Gespür hatte sie bisher noch nicht im Stich gelassen.

Im Antiquariat selbst herrschte unter den Schwestern eine strenge Arbeitsteilung. Während Wilhelmine im Hauptraum des Ladens die Alltagskundschaft empfing, um sie zu entsprechenden Regalen zu weisen oder ihr indigniert die Unerfüllbarkeit eines Wunsches vor Augen zu führen, wachte Josefa in einem Hinterzimmer über das Allerheiligste ihrer Sammlung. Goldbedruckte Schweinslederbände glänzten da aus den Vitrinen, brüchige Pergamente, Handschriften, an den Wänden hingen kolorierte Kupferstiche und Holzschnitte. In dieses Nebenzimmer wurde nur Stammkundschaft vorgelassen und so manchem allzu Neugierigen war mit einer barschen Bemerkung schon die Tür vor der Nase zugeschlagen worden. Die Arbeitsteilung der beiden Damen, über Jahrzehnte eingespielt, funktionierte auch in den Niederungen antiquarischen Geschäftsgebarens reibungs- und wortlos. So war es keine Seltenheit, daß Wilhelmine im Hauptraum einem Kunden den außergewöhnlich hohen Preis eines Werkes händeringend und wehklagend durch dessen absolut seltenes Auftreten zu erklären versuchte, während ihre Schwester zur gleichen Zeit im Nebenraum einem telefonischen Anbieter kühl versicherte, das betreffende Buch stehe mindestens siebenmal in ihrem Laden, sei absolut unverkäuflich und infolgedessen keine zwanzig Mark wert!

Eines Morgens betrat ein alter Mann den Laden. Wilhelmine Mäusle stand wie an jedem Tag vor ihrem Stehpult und notierte mit einem Bleistift den Preis auf das Vorsatzpapier eingegangener Buchbestände. Als die altmodische Ladenglocke anschlug, hob sie nur kurz die Augen, stutzte dann aber doch, als sie die äußere Erscheinung des vermeintlichen Kunden erblickte. Er war von hagerer Gestalt, ging leicht gebeugt und machte insgesamt einen heruntergekommenen Eindruck. Die Hosenbeine des abgetragenen Anzugs schlotterten beträchtlich und gaben an den Knöcheln altes, vielfach geflicktes Schuhwerk preis. Der ungewaschene Hemdkragen wurde von keiner Krawatte zusammengehalten. Wilhelmine runzelte die Stirn und neigte den Kopf, um besser über den Rand ihrer Lesebrille blicken zu können. Trotz seines ungepflegten Äußeren schien es sich nicht um einen Stadtstreicher zu handeln, wie sie zunächst vermutet hatte. Zwar fiel dem Mann das schlohweiße Haar strähnig über die Stirn, aber die wachen Augen deuteten an, daß der Mann bessere Tage gesehen haben mußte. Als er die Türe hinter sich schloß, fiel ihr Blick auf die feingliedrigen, schlanken Hände des Fremden. „Sie wünschen, bitte?" Mit dieser resoluten Anrede stellte sich ihm Wilhelmine in den Weg. Der Fremde zögerte einen Augenblick und sagte dann mit leiser und ein wenig fremdländisch klingender Stimme: „Wenn es Ihnen recht ist, möchte ich mich nur ein wenig umsehen." Das Gesicht der Antiquarin zeigte zwar deutlich, daß sie von derlei Kundschaft wenig begeistert war, doch erhob sie keine Einwände und wandte sich unwillig ihrem Stehpult zu. Aus den Augenwinkeln aber beobachtete sie mißtrauisch den Alten, der unsicher an eines der Regale getreten war und mit seinen Augen systematisch die Buchreihen abtastete. Zur nicht geringen Überraschung der Antiquarin war der Mann zuerst auf die Abteilung mit den philosophischen Werken zugegangen. Um die Titel auf den Buchrücken besser entziffern zu können, mußte er seinen Kopf seitlich geneigt halten, was ihm ein vogelartiges Aussehen verlieh. Lautlos bewegte er seine Lippen. Nach etwa zwanzig

Minuten hielt er erstmals in seinem Tun inne, streckte sich und nahm einen schmalen Band aus dem Regal. Fast liebevoll schlug er den Einband auf, blätterte hin und her, bis sein Blick auf dem Exlibris hängen blieb, das auf der Innenseite des Umschlagdeckels angebracht war. Lange waren seine Augen auf dieses kleine, graphisch gestaltete Namensschildchen gerichtet. Schließlich stellte er das Buch wieder auf seinen Platz zurück, zog ein schmutziges Taschentuch hervor und schneuzte sich vernehmlich. Das Gesicht des Fremden konnte Wilhelmine Mäusle nicht erkennen. Noch mehrmals wiederholte sich dieser Vorgang, ehe er nach einer guten Stunde das Geschäft verließ, ohne etwas gekauft zu haben. Besonders lange hatte sich der Sonderling an der Ecke mit Kinder- und Jugendbüchern aufgehalten. „Na, endlich", dachte sich Wilhelmine im Stillen, und ließ einen Moment frische Luft zur Ladentüre herein, da sie immer noch den etwas modrigen Geruch des Alten wahrzunehmen glaubte.

Wilhelmine Mäusle, die ältere der beiden Antiquariats-Besitzerinnen, hatte den Vorfall im Grunde schon vergessen, als nach wenigen Tagen der Mann in gleicher Aufmachung wieder den Laden betrat, nunmehr zielstrebig zu den Regalen schritt, den einen oder anderen Band herunterangelte und mit starrem Blick darin blätterte. Wieder kaufte er nichts, grüßte schüchtern und ging. Die Antiquarin aber, nun endgültig mißtrauisch geworden, hatte ihn von ihrem Stehpult aus die ganze Zeit beobachtet und sich einige der Bücher eingeprägt, die die Aufmerksamkeit des seltsamen Besuchers erregt hatten. Kaum war das Scheppern der Ladenglocke verklungen, eilte sie zum Regal und suchte die Bände zusammen. Sie erkannte mit geschultem Auge, daß es sich bei den Büchern nicht um besonders wertvolle Antiquitäten, sondern um Alltagsware aus der Vorkriegszeit handelte. Ein Diebstahl war also kaum zu befürchten. Was fesselte den alten Mann gerade an diesen Büchern? Auffallend war allein, daß alle Bände, die sie jetzt sorgfältig an ihren angestammten Platz zurückstellte, mit einem schlichten Exlibris ausgestattet waren, die zwei ineinander verschlungene Schlangen und die Initialen F.S. zeigten. Die Antiquarin zuckte verständnislos mit den Schultern, hielt es aber doch für angebracht, sich mit ihrer jüngeren Schwester zu beraten. Bei einer Tasse Tee beschlossen die beiden, bei nächster Gelegenheit in die Offensive zu gehen.

Lange mußten sie nicht warten. Schon tags darauf trat der Alte wiederum durch die Eingangstüre und versuchte sich unbemerkt am Stehpult von Wilhelmine Mäusle vorbeizuschleichen. Die aber hatte ein wachsames Auge und pflanzte sich in voller Körpergröße vor dem hageren Männchen auf, sodaß dieses erbleichte. Gleichzeitig verließ auch Josefa ihre Klause und eilte zum Ort des Geschehens. „Sie sind nun schon zum drittenmal hier, können wir Ihnen denn nicht irgendwie behilflich sein?" eröffnete Wilhelmine das Verhör. Der Mann, auf dessen eingefallenen Wangen ein mehrtägiger grauer Bart sproß, suchte sich der unbequemen Umklammerung zu entziehen. „Nein, danke, ich möchte mich nur ein wenig umsehen", flüsterte er tonlos. „Damit hat es nun ein Ende," erklärte Josefa in bestimmtem Ton, „auf der Stelle erklären Sie, was Sie bei uns suchen. Andernfalls verlassen Sie bitte den Laden!" „Ich ... ich interessiere mich für ältere Bücher ..." „Das haben wir bemerkt," entgegnete Wilhelmine, „Sie suchen Bücher mit einem ganz bestimmten Exlibris." Der Mann zitterte ein wenig und preßte seine farblosen Lippen aufeinander. „Das besagte Exlibris trägt die Buchstaben F.S." Josefa kreuzte siegesgewiß die Arme. „Nun gut, vielleicht ...", der Mann drehte und wendete sich, „ich bin auf der Suche nach diesen Büchern. Mich interessiert ihr ehemaliger Besitzer." „Mein Lieber, diese Bücher sind ein halbes Jahrhundert alt," Josefa schüttelte den Kopf, daß ihre Ohrringe klimperten, „das läßt sich nie mehr feststellen, wem das Zeug gehört hat. Was liegt Ihnen denn so daran?" „Sie wissen also nicht, wem die Bücher gehört haben?" „Mein Gott, sollten wir von all diesen Büchern ihren Vorbesitzer kennen?" Josefa blickte ungeduldig zur Decke, „Vielleicht ein Student, der sein Studium an den Nagel gehängt hat, um etwas Anständigeres zu lernen als Philosophie! Oder ein alter Kauz, dessen Bibliothek von den Erben schleunigst verhökert worden ist! Das ist halt auch unsere Kundschaft." Wilhelmine fiel ihr ins Wort. „Oder irgendein Multimillionär, der in seiner Villa keinen Platz mehr für solchen Plunder hat! Wie dem auch sei – es läßt sich nicht mehr feststellen, und damit basta!" Nachdenklich schüttelte der alte Mann den Kopf. „Ich darf mir ihre Bücher also nicht mehr weiter ansehen?" murmelte er leise. „Nein, es sei denn, Sie können sich endlich zu einem Kauf entschließen. Wir sind schließlich keine Leihbibliothek!" Und mit einem Blick auf seine zerschlissene Kleidung fügte Wilhelmine hinzu: „Und auch keine öffentliche Wärmestube!" Sie war jetzt fest entschlossen, die Angelegenheit zu einem Ende zu bringen, waren doch inzwischen mehrere Kunden in den Laden getreten und hörten mit halbem Ohr dem Streitgespräch zu. „Nun gut," sagte der Mann mit leiser Stimme, „ich habe mir zwar leider noch keinen endgültigen Überblick verschaffen können, aber nach meiner Schätzung haben sie etwa dreißig Bücher mit dem Schlangen-Exlibris in Ihren Regalen stehen. Ich möchte sie kaufen. Packen Sie sie zusammen. Ich zahle je Buch fünfhundert Mark." Josefa Mäusle hielt einen Moment den Atem an und starrte auf ihre Schwester, die ebenfalls keine Miene verzog. Dann näherte sie sich langsam dem Fremden. Ihre Augen funkelten hinter schmalen Schlitzen. „Sagten Sie fünfhundert Mark, guter Mann?" „Ich sagte fünfhundert Mark." „Meinen Sie das im Ernst oder wollen Sie Ihren Schabernack mit uns treiben?" „Glauben Sie mir, es ist mir nicht zum Spaßen zumute." „Sie wollen viel Geld ausgeben. Aber wie Sie wollen. Jetzt die entscheidende Frage: Dreißig Bücher á fünfhundert Mark macht fünfzehntausend Mark. Wollen Sie uns diese Summe in bar bezahlen?" Der Mann schüttelte unmerklich den Kopf. „Kein Mensch läuft mit einer solchen Summe in der Gegend herum. Ich werde Ihnen einen Scheck ..." Josefas Miene nahm einen triumphierenden Zug an. Ihr höhnisches Lachen unterbrach jäh den Satz des alten Mannes, der betroffen verstummte. „Na, da haben wir es ja! Fünfzehntausend Mark will er uns zahlen! Du scheinst ja ein reicher Pinkel zu sein? Und wie willst du es bezahlen? Mit Scheck! Daß ich nicht lache! Einen Scheck! So wie du daherkommst! Für solche Betrügereien solltest du dir Dümmere suchen! Und jetzt hinaus mit dir, ehe ich die Polizei rufe! Und laß dich hier ja nicht wieder blicken, hörst du!!" Daß eine solche Rede keinen Widerspruch duldete, mußte jedem einleuchten, und so wendete sich der alte Mann langsam, aber gehorsam der Ladentüre zu, die von Wilhelmine bereits sperrangelweit offen gehalten wurde. Die beiden Damen achteten nicht auf den merkwürdigen Blick des alten Mannes. Für sie war diese Angelegenheit erledigt.

„Haben Sie Bücher mit solchem Exlibris?" Josefa Mäusle blickte überrascht auf und sah zwei sorgfältig gekleidete Herren mittleren Alters vor ihrem Ladentisch. Einer von ihnen hielt ihr ein Exlibris vor die Nase, das zwei Schlangen und die Initialen F.S. zeigte. Da seit der Angelegenheit mit dem Alten schon eine Woche vergangen war, stutzte Josefa einen Moment, erinnerte sich dann aber rasch und sichtlich unangenehm berührt. Was sollte dieser Hokuspokus? Was fanden sie nur alle an diesem antiquarisch völlig unwichtigen Plunder? „Ich denke, daß ich so etwas schon gesehen habe. Vielleicht finde ich ein oder zwei Bücher mit dem Exlibris. Wollen Sie sie kaufen?" „Sie haben exakt zweiunddreißig Bände dieser Art", antwortete der eine der Männer streng, „im übrigen sind wir weder Sammler noch Käufer." Josefa Mäusle runzelte mißtrauisch die Stirne.

„Sondern?" „Ich bin Staatsanwalt Blum, und das hier ist Rechtsanwalt Döbel, Vertreter des amerikanischen Multimillionärs Frank Steinberg, der vor wenigen Tagen ihr Antiquariat aufgesucht hat." „Meinen Laden? Das muß ein Irrtum sein. Hier war kein amerikanischer Millionär." „Nein?" Der Rechtsanwalt hob grinsend eine Photographie in die Höhe, die zweifelsohne den heruntergekommenen Alten von letzter Woche zeigte. Josefa Mäusle stöhnte auf. „Der?" „In der Tat. Grämen Sie sich nicht, Sie sind nicht die erste, die sich von seinem Äußeren täuschen ließ. Mein Mandant hat nur mehr einen Wunsch. Er möchte sich die Bibliothek seiner Jugendzeit in Deutschland wieder aufbauen. Sie wurde in alle Winde zerstreut, nachdem er Hals über Kopf emigrieren mußte. Er reist von Stadt zu Stadt, von Antiquariat zu Antiquariat. Fast überall wird er fündig. Einmal nur ein Heft, dann wieder ganze Stöße Bücher. Er sammelt wie ein Besessener. Wie Sie ja selbst erlebt haben, ist er bereit, jeden Preis für sein Anliegen auszugeben. Der Scheck über fünfzehntausend Mark wäre natürlich gedeckt gewesen, sie hätten auch das Doppelte verlangen können. Aber Sie wollten ja nicht." Josefa Mäusle schluckte. „Jetzt ist es leider zu spät. Ich bitte Sie, stellen Sie die Bücher zusammen, ich lasse sie dann von einem Boten holen. Kommen Sie, Herr Rechtsanwalt, wir müssen auch noch die anderen Antiquariate der Stadt aufsuchen. Wir haben noch einiges vor uns ..."

Bronze, Schall und Rauch

Matt glänzte das Metall im sanften Licht der Abendsonne. Siebenundvierzig Augenpaare richteten sich gleichzeitig, wie unter einer geheimen Regieanweisung, auf die quadratische Bronzetafel, die, soeben ihrer stoffenen Umhüllung beraubt, den Blicken der Öffentlichkeit preisgegeben wurde. Applaus wogte auf, Bürgermeister Sebastian Muggenthaler lächelte gerührt, und seine Gattin kramte umständlich nach einem Taschentuch. Die etwa zwanzig Zentimeter hohe und doppelt so breite Platte war fest an die Betonbrüstung der neuen Brücke geschraubt worden, deren Bau den städtischen Haushalt über mehrere Jahre hinweg arg gebeutelt und zu hitzigen Debatten im Stadtrat geführt hatte. Heute aber war all das vergessen. Ein festlicher Tag. Die Herren der Mehrheitspartei nippten ebenso versonnen an ihren Sektgläsern, wie diejenigen der Opposition. Auch aus deren Reihen war Beifall gekommen, wie der Bürgermeister aus den Augenwinkeln heraus beobachten konnte. Zaghaft zwar, aber immerhin. Das treffendste Symbol dieser kommunalpolitischen Einigkeit war die Bronzetafel selbst: In pathetischen Worten waren darin die selbstlosen Verdienste des Bürgermeisters graviert worden, auch des weitblickenden Stadtrates samt Opposition wurde gebührend gedacht. Schließlich fand sogar die gesamte Bürgerschaft der Stadt Erwähnung, die, wenn schon nicht die Verantwortung, so immerhin doch die nicht unerheblichen Kosten für das Bauwerk zu tragen hatte.

Mehrere Jahre waren seit jener denkwürdigen Abendstunde vergangen. Nicht nur, daß man sich in geselliger Runde oder beim besinnlichen Dämmerschoppen gerne an sie erinnerte, nein, sie hatte auch weitreichende Konsequenzen nach sich gezogen. Hatten sich früher Stadtratssitzungen, die die Gestaltung eines Gedenktages oder einer Einweihung berieten, meist bis über Mitternacht hinausgezogen, waren vertagt, wieder einberufen, vielfach ergebnislos abgebrochen worden, so konnte dieser Tagesordnungspunkt nun schon nach wenigen Minuten als erledigt gelten. „Angesichts der Bedeutungsschwere des Ereignisses", so der immer gleichlautende Antrag des Bürgermeisters, „sollten wir die Herstellung einer würdigen Bronzetafel in Auftrag geben!" Die Mehrheitspartei applaudierte, die Opposition klopfte Beifall, einige notorische Nörgler saßen seit den letzten Wahlen nicht mehr im Rat. Die Folge: Mit den Jahren häuften sich die Bronzetafeln, ja es ist nicht übertrieben zu behaupten, daß sie das Stadtbild mehr und mehr prägten. Fast schon überflüssig zu betonen, daß jedes neu erstellte öffentliche Gebäude, jede Turnhalle, jede Aussegnungshalle, jedes Feuerwehrhaus mit dem kommunalen Bronzesiegel markiert wurde, selbst Friedhofsmauern, öffentliche Toiletten, Parkbänke und Hundetränken kamen nicht mehr ungetäfelt davon. Der Stadtarchivar bekam überdies den Auftrag, eine Liste verstorbener Persönlichkeiten aufzustellen, auf daß man ihre Gräber und ehemaligen Wohnhäuser mit Gedenktafeln ziere.

Freilich irrt man in der naiven Annahme, die städtischen Bronzetafeln hätten im Lauf der Jahre keinerlei Veränderung erfahren, die Verantwortlichen hätten monoton und phantasielos das einmal gefaßte Konzept tausendmal wiederholt. Weit gefehlt! Aus den handlichen Täfelchen, die der örtliche Silberschmied zur Zufriedenheit aller graviert hatte, waren mittlerweile zentnerschwere, von Spezialfirmen gegossene Metallplatten geworden, die mitunter eine Größe von mehreren Quadratmetern erreichten und nie und nimmer von den städtischen Arbeitern montiert werden konnten! Es blieb keine peinliche Ausnahme, daß die Wand, die den Gedenkblock zu tragen für würdig befunden worden war, sich als zu schwächlich erwies und nach wenigen Tagen unter der Schwere ihres Amtes mit lautem Gepolter zusammenstürzte. Und auch die in gotische Lettern gegossenen Texte, welche Kunde tun sollten von der Erhabenheit der städtischen Obrigkeit, verfielen einem zunehmenden Wandlungsprozeß. War in den Anfangsjahren der Bronzezeit neben den politischen Würdenträgern auch noch so mancher Vereinsvorsitzende und Feuerwehrkommandant, bisweilen sogar Architekt und Baumeister der Ewigkeit empfohlen worden, so trat mit der Zeit immer deutlicher ein inhaltlicher Schrumpfungsprozeß zutage. Zuerst fehlten die Handwerker, dann die Baumeister, dann die Nutzer der entsprechenden Örtlichkeiten, schließlich die Hinweise auf die Oppositionsparteien, zuletzt war auch vom Stadtrat nicht mehr die Rede. Erst dieses erregte den Unmut der Mehrheitsfraktion, den Bürgermeister Muggenthaler unter Hinweis auf die immensen Kosten pro gegossenen Buchstaben nur mühsam unterdrücken konnte. Es blieb also bis auf weiteres bei der eindruckvollen und – bei einer Schriftgröße von zwanzig bis dreißig Zentimetern – monumental wirkenden Botschaft, die etwa lautete: „Hier errichtete im Jahr 1990 Bürgermeister MUGGENTHALER einen öffentlichen Springbrunnen!" In einigen Fällen gar enthüllte er den staunenden Festgästen gar eine Tafel lediglich mit dem spartanischen, in römischen Majuskeln gehaltenem Signum: „MUGGENTHALER!"

Apropos Bürgermeister! Auch an ihm waren die Jahre nicht spurlos vorübergegangen. Zu Beginn seiner verdienstvollen Tätigkeit ein besonnener und bescheidener Mann, hatte sich seit einiger Zeit eine innere Unruhe, eine Art fiebriger Erregung in ihm ausgebreitet. Sie stand in einem seltsamen Zusammenhang mit den erwähnten Bronzetafeln. Je näher der Tag einer Enthüllung rückte, umso stärker erfaßte ihn diese nervöse Gereiztheit, er konnte keine klaren Gedanken mehr fassen, stammelte bei Sitzungen wirres Zeug und brach bisweilen in schwere Weinkrämpfe aus. Dieser Zustand steigerte sich in den Stunden vor der Enthüllung bis ins Unerträgliche. Wie ein Tiger im Käfig lief er in seinem verschlossenen Amtszimmer auf und ab und blickte jede halbe Minute auf seine Armbanduhr. Den Beginn des Festaktes – meist quälte sich ein Schüler-Streichquartett durch irgendwelche Haydn-Sonaten – überstand er nur noch mit zusammengekniffenen, bleichen Lippen. Doch dann, endlich, die Enthüllung! Wie zu einer heiligen Handlung schritt er festen Schrittes auf die Tafel zu, schloß ekstatisch die Augen und zog mit einem Ruck das verbergende Tuch zur Seite. Er brauchte die Augen nicht einmal mehr zu öffnen, intuitiv fühlte er die wärmenden Strahlen des schimmernden Metalls in sein Herz eindringen, seine zitternden Hände glitten über die

Oberfläche und sogen ein nie gekanntes Gefühl der Ruhe und Kraft ein. „Meine lieben Mitbürgerinnen und Mitbürger ..." Erschöpft, aber glücklich hob er nun seine schwache Stimme zu einer gelungenen, väterlichen Rede an, kaum einer der Anwesenden hatte seinen Zustandswechsel bemerkt.

Diese Phasen der trunkenen Zufriedenheit aber hatten immer kürzer Bestand. Immer häufiger trieben Sebastian Muggenthaler wirre Fieberphantasien des Nachts aus dem Bett. Unter dem Vorwand, frische Luft zu schnappen, stahl er sich dann aus dem Haus, tastete sich mit tief ins Gesicht gezogenem Mantel und Hut die dunklen Straßen entlang, bis er an eine jener zahlreichen Bronzetafeln gelangte, die die Bauwerke seiner Stadt zierten. Nicht ohne sich ängstlich umzublicken, schmiegte der Bürgermeister seinen Kopf an die rauhe Oberfläche des Metalls und küßte schwer atmend die Schriftzeichen. Es konnte kein Zweifel bestehen, der Kommunalpolitiker war der Sucht nach dem edlen Metall körperlich und psychisch total erlegen! Sein krankhaftes Bemühen, die Bronzeflut in der Stadt zu verdoppeln, ja zu verdreifachen, um immer und überall von dem berauschenden Narkotikum umgeben zu sein, begann skurrile Formen anzunehmen. So drang er mit einem

Zweitschlüssel des Nachts in das Stadtarchiv ein, um die Liste der stadtbekannten Persönlichkeiten zu fälschen – nahezu jedes zweite Wohngebäude der Stadt wurde daraufhin mit einer Erinnerungstafel geziert! Längst war der städtische Fuhrpark – vom Dienstwagen bis zum Müllauto – mit bronzenen Nummernschildern ausgestattet! Seinen Schreibtisch aus massiver Eiche hatte der Bürgermeister in den Keller des Rathauses schaffen lassen, stattdessen verrichtete er seine Dienstgeschäfte auf einer massiven Bronzeplatte, die auf zwei Zimmererböcken lag! Seiner Ehefrau war die Sucht zuerst aufgefallen, aber in ihrer Ergebenheit hatte sie lange davor die Augen verschlossen. Freilich fand sie schon das goldgefaßte Bronzetäfelchen mit der Aufschrift „Agathe Muggenthaler, Frau des Ersten Bürgermeisters" recht geschmacklos, das sie seit ihrem letzten Hochzeitstag anzustecken hatte. Den letzten Ausschlag gab aber erst jenes mit hauchdünnen, gravierten Bronzeplättchen bestickte Negligé, das sie vor wenigen Tagen auf ihrem Bett liegend vorfand. Bei verständnisvollen Freunden fand sie schließlich Zuflucht.

„Tja, wie Sie mir das so schildern: ein schwerer Fall von Unsterblichkeits-Wahn, übrigens nicht gerade selten bei Politikern ..." Der Mann mit der Goldbrille hinter dem wuchtigen Schreibtisch strich sich nachdenklich durch sein Haar. Der Schein der Stehlampe fiel nicht nur auf die Ledercouch in der Ecke und auf dichtgedrängte Bücherregale, sondern auch auf drei Herren, die in dunklen Anzügen vor dem Schreibtisch Platz genommen hatten und sich in dieser ungewohnten Umgebung sichtlich unwohl fühlten. Die merkwürdige Klientel hatte den Professor für Psychiatrie beileibe nicht um ihrer selbst willen aufgesucht, sondern in geheimer Mission ihres Bürgermeisters wegen, dessen Bronzewahn mehr und mehr Unruhe in der Stadt erzeugte. Nach erregten Anrufen aus der Bürgerschaft hatte zuerst die Opposition zaghaften Protest angemeldet, der freilich von der Mehrheitspartei als Kulturbanausentum und Spielverderberei abgetan wurde. Als freilich auch deren Parteiname nicht mehr auf den ehernen Visitenkarten zu finden war, wurden auch hier kritische Stimmen laut. „Also, wie gesagt, meine Herren," hob der Professor noch einmal an, „eine Unsterblichkeits-Psychose deutlichen Ausmaßes. Der Mann will, wie einst Nero, mit aller Gewalt in die Geschichte eingehen, er will seinen Namen unsterblich machen. Ein schwerer Fall, mit konventionellen Methoden unheilbar!" „Aber was sollen wir denn tun?" wandte zaghaft der Oppositionsführer ein. „So kann es doch nicht weitergehen. Die teuren Bronzerechnungen …!" „Tja, im

Grunde müßte man den Bürgern reinen Wein einschenken und den Bürgermeister in die Psychiatrie einliefern lassen", entgegnete der gewichtige Seelenarzt. Der Fraktionsführer der Mehrheitspartei erbleichte. „Das, das ist völlig ausgeschlossen, wie würde unsere Stadt dastehen!" rief er empört aus und fügte etwas leiser, zu seinem Begleiter gewandt, hinzu: „... und das so kurz vor den Wahlen!" „Wie Sie wollen", brummte der Psychiater, „aber ich übernehme keinerlei Verantwortung." „Gibt es denn gar keine Möglichkeit der Therapie, schnell und diskret, Sie verstehen?" Auch dem Oppositionsführer lag verständlicherweise nichts an einem öffentlichen Eklat. Drei flehende Augenpaare waren auf den Psychiater gerichtet, der angestrengt in die Runde blickte und sich umständlich eine Pfeife anzuzünden begann. Man merkte, wie es in ihm rumorte. Bisweilen zuckte es um seine Mundwinkel. Nach einer schier endlosen Weile streckte er den Kopf vor, winkte die anderen heran und begann etwas von einem Plan zu flüstern, den man aushecken müsse, der freilich von einer wissenschaftlichen Fundierung weit entfernt sei ...

In den darauffolgenden Wochen schlichen sich in das Leben des Bürgermeisters Sebastian Muggenthaler sonderbare Veränderungen ein. Es begann damit, daß den Verlautbarungen des Innenministeriums, die er jeden Montag auf seinem bronzenen Schreibtisch vorfand, ein Blatt beigeheftet war, auf dem die rotgedruckte Überschrift leuchtete: „Von der Gnade der Anonymität. Oder: Muß unsere Geschichte neu geschrieben werden? – Eine Handreichung zur wissenschaftlichen Fortbildung unserer Kommunalpolitiker." Mit was sich das Innenministerium neuerdings beschäftigt! Sebastian Muggenthaler schüttelte den Kopf, warf aber doch einen Blick auf die von einem ihm unbekannten Historiker verfaßten Zeilen. Von neuesten Forschungen war da die Rede, die mit Recht die bisherige Geschichtsschreibung in Frage stellten. Sei man bisher davon ausgegangen, daß in der bisherigen Menschheitsgeschichte lediglich mehrere Dutzend Strolche und Halunken in gewichtige Staatsämter gelangt seien, so sei es heute zweifelsfrei erwiesen, daß diese Quote nur die Spitze eines riesigen Eisberges sei. Hunderte, ja Tausende von Gewaltverbrechern, Erpressern, Meuchelmördern und Staatsbankrotteuren hätten immer schon die Königsthrone und Diktatorenstühle, die Präsidentensessel und Abgeordnetenbänke besetzt – freilich schlau genug, nach ihrem verbrecherischen Tun alle Spuren zu verwischen, peinlichst jede Namensnennung auf Urkunden und Tafeln zu vermeiden. Nie mehr würde ihnen irgendjemand auf die Schliche kommen, die Flucht in die Anonymität sei ihnen vollständig geglückt. Der Zorn der nachkommenden Generationen müsse halt nun mit jenen paar Neurotikern – von Nero über Dschingis Khan bis zum Fuhrer des Tausendjährigen Reiches – vorliebnehmen, die dumm genug gewesen waren, unter jedes Henkersurteil eigenhändig ihr Signum zu setzen. „Ein sonderbarer Wisch!" murmelte Sebastian Muggenthaler nachdenklich und klingelte seiner Sekretärin nach einer Tasse Kaffee. Auch in anderen amtlichen Akten fand sich jenes merkwürdige Blatt auf einmal.

Wie es der Zufall wollte, stürmte wenige Tage später der Stadtarchivar freudestrahlend ins Büro des Bürgermeisters mit der Nachricht, er habe soeben eine Urkunde aus dem 17. Jahrhundert in einem alten Matrikelbuch entdeckt. Der damalige Bürgermeister habe Weisung erteilt, einer grassierenden Läuseepidemie dadurch Einhalt zu gebieten, daß man die betroffenen Körperpartien mit frischen Kuhfladen bestreiche! „Und wissen Sie, was das Beste ist?" japste der Archivar vor Vergnügen. „Dieser Dummkopf von Bürgermeister war offenbar noch stolz auf seinen Unsinn. Sehen Sie, wie deutlich er seinen Namen daruntergepinselt hat! Ich werde sofort die Lokalpresse benachrichtigen, die wird eine schöne Story daraus machen!" Noch ehe ihm Sebastian Muggenthaler, der die Sache überhaupt nicht zum Lachen fand, Einhalt gebieten konnte, war sein rühriger Untergebener schon entschwunden. Der Bürgermeister ließ sich in seinen schweren Ledersessel fallen und wischte sich den Schweiß von der Stirn. Er verstand die Welt nicht mehr. Den letzten Rest aber versetzte ihm am Nachmittag die störrische Weigerung des Architekten Weinmüller, sich anläßlich eines Kindergarten-Neubaues zusammen mit dem Bürgermeister in Bronze verewigen zu lassen. „Nein, bitte ...", stammelte er abwehrend, „Sie wissen ja, die Konkurrenz ..., und überhaupt ändern sich doch die Geschmäcker im Lauf der Zeit, wer weiß, wie spätere Generationen ..." Unter ähnlichen fadenscheinigen Argumenten verabschiedete er sich rasch.

Sebastian Muggenthaler hatte schwere Stunden durchzustehen. Auch der Spaziergang, der ihn gewohnheitsmäßig nach Dienstschluß an zehn bis zwanzig Bronzetafeln, die allesamt seinen Namen trugen, vorbeiführte, konnte ihn nicht erheitern. In der Nacht befiel ihn ein schrecklicher Alptraum. Wie an einer Schnur gezogen, trippelten da in gespenstischen Tanzschritten weißleuchtende Wesen an ihm vorbei, bei näherem Hinsehen konnte Muggenthaler sie schemenhaft als Häuser und Brücken, Mauern und Denkmäler identifizieren. Kichernd, einander stoßend und torkelnd, kamen sie auf ihn zu, ja, im blassen Mondlicht erkannte er sie als Bauwerke seiner Stadt, viele noch neu, erst kürzlich eingeweiht. Die Bronzetafeln, die sie alle an ihre Bäuche geheftet trugen, hatten noch kaum Patina angelegt und blitzten unheilvoll im Mondlicht. Dort hinten – das war doch dieser abscheuliche Kaufhausbau von letzter Woche! Giftig glänzte seine grüne Stahlfassade, klapperten die undichten Kunststoffenster, während er drohend einen Waschbetonkübel nach dem anderen in Richtung Muggenthaler schleuderte. Und da! Das sündteure Hallenschwimmbad vom letzten Jahr! Es hatte einen riesigen Trichter an seinen Schlund gehoben und schüttete unentwegt einen Kanister Heizöl nach dem anderen hinein, während es dazwischen unanständig rülpste und gluckerte. Und dort! Ein Schauer nach dem anderen jagte über den verkrampften Rücken des Bürgermeisters. Rumpelte da nicht dröhnend das neue Parkhaus daher, daß die Fahrzeuge in seinem Bauch durcheinandergeschüttelt wurden wie Spielzeugautos? Auf seinem Dach stand eine Gruppe alter Männer, deren Schrebergärten dem Projekt hatten weichen müssen. Wild gestikulierend schwangen sie Gartenharken und Rechen! Immer näher war die teuflische Prozession auf Muggenthaler zugekommen, dreißig, vierzig solcher

Dämonen umringten ihn nun, ihn, der wie gelähmt auf das Geschehen starrte. Doch der Alptraum sollte seinen grausigen Höhepunkt erst noch erreichen. Wie auf ein gemeinsames Zeichen hielten die Wesen in ihrem Spuk inne, rissen sich die schweren Bronzetafeln vom Leib und begannen, sie auf den wehrlosen Muggenthaler zu werfen. Dabei skandierten sie in vielstimmigem Chor: Mug-gen-thal-er-Muggen-thal-er ... Schützend hob er seine Hände vors Gesicht, doch die zentnerschweren Platten bedeckten ihn bald bis zum Hals, drückten ihm die Luft ab und erstickten seine Schreie. „Warum zum Teufel gerade ich?" rieselte es noch durch seine geschwächten Gehirnwindungen, „Alle haben sie doch zugestimmt, die Stadträte, die Opposition, alle, alle!" Erst als er einen riesigen Metallblock mit der Aufschrift „MUGGENTHALER HAT HIER GEBAUT" auf sich zufliegen sah, erkannte er, daß sich alle anderen rechtzeitig in die schützende Anonymität verdrückt hatten, daß nur er borniert genug gewesen war, den Rachedämonen auch noch seine Visitenkarte in die Hand zu drücken. „Zu spät!" durchzuckte es ihn, ehe er, von der Wucht der Platte getroffen, die Besinnung verlor.

Es war ein herrlicher Frühlingsmorgen, als sich wenige Tage später eine festlich gekleidete Gesellschaft am neuerbauten

Bürgerhaus der Stadt einfand, um der feierlichen Einweihung beizuwohnen. Alle Honoratioren waren gekommen, die Vertreter der Vereine und Verbände, die Jugend, der Stadtrat. Die Luft war geschwängert von Blütenduft und vom Weihrauch, der dem silbernen Rauchfaß des Pfarrers entstieg. Gerührt lächelnd bestieg Bürgermeister Sebastian Muggenthaler das Rednerpodium, nachdem sich die Klänge des Schülerquartetts gelegt hatten, das diesmal eine Sonate von Haydn einstudiert hatte. „Meine lieben Freunde!" begann der Bürgermeister jovial seine Festrede, während seine goldene Amtskette um seinen Bauch baumelte, „mit der Einweihung dieses herrlichen Gebäudes, das ein geistiger Mittelpunkt im Leben unserer geliebten Stadt werden soll, ist es mir eine besondere Freude, Ihnen eine wichtige Neuerung mitteilen zu dürfen." Sebastian Muggenthaler ließ seine Augen über die Zuhörerschaft schweifen und genoß mit sichtlichem Vergnügen deren, durch die rhetorische Pause sich steigernde Neugierde. „Endlich, nach langen und zähen Verhandlungen mit meinen Kollegen im Stadtrat, ist es mir gelungen, mit einem alten Zopf – so möchte ich sagen – zu brechen: ich meine die Enthüllung dieser leidigen Bronzetafeln. Eine aufgeklärte Gesellschaft, so meine ich, sollte auf solch archaische Zeichen nicht mehr angewiesen sein!" Man hätte angesichts der verblüfften Stille im Auditorium eine Stecknadel fallen hören. „Freilich, meine lieben Feunde," Muggenthaler blickte väterlich in die Reihen des Stadtrates, „freilich kann man nicht jedem einen solch radikalen Bruch mit dem Liebgewonnenen, Althergebrachten über Nacht zumuten. Und so habe ich mich in den letzten Jahren immer wieder dazu überreden lassen, diese leidige und weiß Gott teure Tradition fortzusetzen, obwohl es mir eigentlich widerstrebte, meinen unwürdigen Namen so exponiert zu sehen. Liebe Freunde, Namen sind doch Schall und Rauch, moderne Städteplanung ist Teamarbeit und Gemeinschaftsleistung. In diesem Sinne habe ich Anweisung gegeben, alle angebrachten Bronzetafeln wieder einzusammeln und zugunsten unserer ehrwürdigen Stadtpfarrei in eine Kirchenglocke umgießen zu lassen!" Die letzten Worte bereits waren im aufbrandenden Beifall aller Beteiligten untergegangen, die Stadtkapelle hob zum Ehrenmarsch an, auch achtete niemand mehr auf den Psychiatrieprofessor, der, nachdem er den Fraktionsvorsitzenden des Stadtrates kurz zugeblinzelt hatte, seine Pfeife anzündete und heftig schmauchend seines Weges ging. Die so verdienstvoll gespendete Kirchenglocke aber, die schon kurze Zeit später gegossen und installiert wurde, nannte der Volksmund alsbald nur noch MUGGENTHALER-

Glocke, was dem irritierten Bürgermeister zunächst noch einige schlaflose Nächte bereitete, später aber nur mehr den Morgenschlummer raubte, wenn sie mit ihrem mächtigen Geläut die Gläubigen zur Frühmesse rief.

Salim – oder: Die Verwandlung

Wieder war eine unübersehbare Menschenmenge zusammengeströmt, von weitem waren sie gekommen – zu Fuß, auf Reittieren, manche ließen sich von schweißnassen Bediensteten auf Sänften herbeitragen. Alle wollten sie ihn sprechen hören, seine hagere Gestalt zumindest aus der Ferne sehen, ihn, den großen Prediger und Asketen. Ja, Salim war ein berühmter Redner geworden, wie Dolchstöße konnten seine Worte in das Fleisch seiner Gegner eindringen, um noch im selben Moment wieder einen werbenden, listigen, bisweilen gar anbiedernden Tonfall anzunehmen. Viele hielten Salim für einen Propheten, wie das Land lange keinen gesehen hatte. Und fürwahr: Sich vollständig in den Dienst seines Gottes zu stellen, ihm die Wege zu ebnen, sein unerschrockenster Streiter zu sein, das war das ehrgeizige Bestreben Salims, seit er seine Gedanken ordnen konnte. Unterrichtet in den Weisheiten und Traditionen seines Volkes, hatte er in all den Jahren eine klare, ja eindeutige Vorstellung von dem gewonnen, den er Gott nannte. Als eines gewaltigen und richtenden Herren Diener verstand er sich, als Sachwalter und Verkünder eines Herrschers, dem das ganze Volk als Sänftenträger zu dienen hatte – so wie diese schwitzenden Kreaturen, die da vor Salims Füßen hockten und ehrfürchtig seiner Rede lauschten. Schwachheit und Zweifel waren Salim verhaßt. Niemals ließ er eine Gelegenheit verstreichen, diese verabscheuungswürdigen Untugenden zu verdammen, und vielen schon hatte sein beißender Spott die Schamesröte ins Gesicht getrieben, während die Umstehenden einige Schritte Abstand von dem Unglücklichen nahmen. Wer nicht gerade selbst von den Peitschenschlägen des Redners getroffen wurde, fand durchaus Gefallen an dem Geschehen, fühlte sich bestärkt und ermutigt, und so hatte sich die Schar der Zuhörer beständig erweitert. Sie spürte instinktiv die Glaubwürdigkeit dieses Mannes, der da vor ihnen auf dem kleinen Holzpodest wild gestikulierte. Zu sich selbst war Salim nämlich ebenso unbeugsam wie zu den Opfern seiner Schmähungen. Vergnügungen und Genüssen hatte er längst abgeschworen, die Unzahl durchwachter Nächte hatten aus seinem Gesicht ein zeitloses, markantes Profil geschnitten, das in gewisser Weise an einen Habicht oder einen Mäusebussard erinnerte. Das Volk bewunderte und verehrte Salim als Asketen und scharfzüngigen Redner, Sympathie indes brachte es ihm nicht entgegen.

Lange Jahre hatte Salim so gelebt, hatte viele Verehrer gefunden und war von den obersten Wächtern des Glaubens mit Ehrentiteln und Anerkennungen geradezu überhäuft worden. Er hatte beste Aussichten, einen ruhmvollen Lebensabend zu verbringen und später einmal den Großen seines Volkes zugezählt zu werden. Groß war die Reihe seiner Schüler geworden, einige Meisterschüler begleiteten Salim fast Tag und Nacht und hingen an jedem Wort, das über seine schmalen Lippen kam. Die Veränderung, die in Salim indes langsam emporzusteigen begann, tauchte lange nicht an der Oberfläche seines klaren Verstandes auf, nur eine leise Unruhe bemächtigte sich bisweilen seiner Stimme. Gefühle der Leere und des Überdrusses erfüllten ihn immer öfter nach seinen Auftritten, zu Zeiten, da er vormals von Eifer und Kampfesfreude nur so gestrotzt hatte. Fernweh statt dessen und unerfüllte Sehnsüchte. Nie hatte Salim solche Gefühle verspürt, sie verunsicherten, ja verwirrten ihn zusehends. Zwar ging er nach wie vor seiner gewohnten Tätigkeit nach, hielt Reden, unterwies seine Schüler und unterwarf sich immer strengeren asketischen Übungen. Doch zu

Zeiten geistlicher Sammlung ertappte er sich häufig bei träumerischem Grübeln, die Worte kamen ihm nur mehr müde von den Lippen, und die alten Redewendungen, die packenden Bilder gebrauchte er immer unentschlossener. Was er früher so selbstbewußt und überzeugt in die Menge geschleudert hatte, heute kam es ihm sonderbar und schal vor. Was ihn früher bis zur Weißglut erregen konnte, tat er heute mit einer müden Armbewegung ab. Das Volk indes liebte diese Unentschlossenheit nicht, bald schon störten hämische Zwischenrufe seinen stockenden Redefluß und steigerten umso mehr seine Entmutigung.

Was war in ihn gefahren? Wie eine fremde Gestalt verfolgte Salim sein eigenes Tun, fremde Gewohnheiten, fremde Vergangenheit, ja sogar fremde Glaubensüberzeugungen. Langsam, aber unablässig wie die Nebelschwaden zu den Tagen der Regenzeit war in ihm das Mißtrauen gegenüber seinen eigenen Worten aufgezogen. All jene heiligen Ordnungen, die ihm zeit seines Lebens so unantastbar erschienen waren, machten ihm nun einen hohlen und morschen Eindruck. Waren sie wirklich so von Gott eingesetzt worden, wie es die ehrwürdige Überlieferung der Väter lehrte? Welchen Sinn hatten all diese Bußübungen, Riten und heiligen Gesetze, die seine Existenz bisher so nachhaltig geprägt hatten? Was unternahm der Allmächtige gegen all das Leid und Elend, das Salim seit einiger Zeit auch in seinem eigenen Volk beobachtete? Wo war er, in dessen Namen Salim Menschen hatte in Ketten legen lassen, in dessen Namen er gepredigt, gedroht und geschmäht hatte? Salim, das Vorbild des Volkes, der prophetische Geist, zweifelte an der Existenz Gottes. Seine Hände griffen in die Leere, in das Ungewisse, wie in den beißenden Rauch des Abendfeuers. Als ihm dies zum erstenmal deutlich wurde, meinte er, in einen Abgrund zu stürzen.

Doch noch gab sich sein zäher Geist nicht geschlagen: Er würde den berühmten Rechtsgelehrten in der Stadt um Rat fragen. Oft schon hatte ihn dieser beste Kenner all jener diffizilen Vorschriften und Gesetze beraten, hatte Salims hitzig hingeworfene Urteile bedächtig mit ellenlangen Gutachten bestätigt und eine Unmenge von Paragraphen dabei zitiert. Jede Angelegenheit des öffentlichen und religiösen Lebens war ja inzwischen von den gewaltigen juristischen Codices des Landes erfaßt worden, Salim hatte selbst Gewaltiges dafür geleistet und war stets sehr stolz darauf gewesen. Solche Gefühle indes kamen ihm jetzt nicht in den Sinn, doch war er zutiefst davon überzeugt, in der umfassenden Weisheit des Gesetzes Antworten auf seine beängstigenden Fragen finden zu können. Er fand den Gelehrten in dessen verstaubten Arbeitsraum über Bücher gebeugt. Der Anblick der ledergebundenen Folianten flößte Salim ein klein wenig Beruhigung ein, hier fühlte er sich geborgen, hier konnte er sein Leid klagen. Der kleine Mann jenseits des riesigen Arbeitstisches aber schüttelte nur besorgt den kahlen Schädel und kniff die Augen zusammen, als ihm Salim seine Situation erklärt hatte. „Der Buchstabe des Gesetzes kennt keinen Zweifel. Er kennt nur Ja oder Nein, Rechtmäßigkeit oder Unrechtmäßigkeit, Glauben oder Unglauben," begann er zu dozieren, „und du weißt, daß nur das Beil des Scharfrichters die Antwort auf Unglauben und Ketzerei zu geben vermag. Du selbst hast solches Vorgehen einst gefordert!"

Langsam begann Salim die Tragweite seiner Situation zu begreifen. Bisher war immer er es gewesen, der als Ankläger, als von Gott bevollmächtigter Richter gewirkt hatte. Viele Unglückliche hatte er der vollen Strenge des Gerichtes zugeführt, hatte Köpfe rollen lassen, wollte mit allen Mitteln den Zweifel in seinem Volk ausrotten. Und nun saß er in seiner eigenen Falle, nun sollte er der Gehetzte, Bespitzelte, Ausgestoßene sein! Den Tod auf sich zu nehmen, wäre ihm in seiner Lage ein leichtes gewesen.

Er erwartete nicht mehr viel vom Leben, ging ohnehin schon auf ein Greisenalter zu. Den Tod fürchtete er nicht, vielmehr war es die zu erwartende Schande, das Gerede der Leute, die Entehrung seines Alters und seines Andenkens, welche ihm schlagartig einen klaren Kopf bescherten und seine Gedanken ordnen ließen. An ihm lag es nun, zu handeln und die tödliche Krise selbst zu bewältigen. Nur einige seiner vertrautesten Schüler setzte er von seinem Vorhaben in Kenntnis, nicht ohne ihnen strengstes Stillschweigen auferlegt zu haben. Und noch ehe die Morgendämmerung heraufziehen konnte, war Salim schon zur Flucht aufgebrochen ...

2.
Viele Wochen schon war Salim umhergeirrt, hatte sich manch durchziehender Karawane angeschlossen und so unerkannt die Grenzen des Landes überschritten. Sein kräftiger, sehniger Körperbau kam ihm nun sehr zugute, und trotz seines hohen Alters bewältigte er die langen Fußmärsche erstaunlich gut. Den unterschiedlichsten Menschen begegnete er in dieser Zeit, Alten und Jungen, Männern und Frauen, Heiligen und Mördern. Sie alle erschreckten ihn gleichermaßen, nie war er ihnen früher so nahe gekommen. Einer hatte ihm ja wie der andere

gegolten, nur in Massen waren sie ihm begegnet, wo sich ein Kopf vom anderen kaum unterscheiden ließ. Aber das waren vergangene Zeiten, nun irrte er ja auf fremden Straßen umher, übernachtete mit manchem Gesindel in finsteren Mauerwinkeln und teilte seine kargen Lebensmittel mit Leuten, die ihm zutiefst unheimlich waren. Mit einer jener zerlumpten Gestalten indes hatte sich Salim ein wenig angefreundet. Der Alte hieß Nabi, war blind und hockte jeden Tag an derselben Stelle des lärmerfüllten Marktplatzes, um zu betteln. Unter den übrigen Bettlern genoß Nabi ein überraschend großes Ansehen, und man sagte, daß er trotz seiner Blindheit schon viele kluge Ratschläge erteilt habe.

„Sag, Nabi, was sind wir Menschen für Wesen?" fragte ihn Salim eines Tages, als er erschöpft und müde in der Mittagshitze neben ihm kauerte und das geschäftige Treiben des Marktes beobachtete. „Ein Leben lang habe ich zu den Menschen gesprochen, und heute bin ich ihnen fremder denn je. Sprich, Nabi, was sind wir für seltsame Wesen?" Nabi schwieg lange und starrte mit seinen blinden Augen gegen die Sonne. „Was ist der Mensch?" flüsterte er angestrengt. „Ich bin ein alter Mann, sitze Tag für Tag hier auf dem Platz und verbringe meine Zeit. Viele Menschen höre ich, viele Stimmen, viele Töne ..." Wieder schwieg er. „Wenn ich viele Stunden hier gesessen bin und die Mittagssonne den Platz bis zur Glut aufgeheizt hat, dann meine ich, alle Laute dieser elenden Welt hören zu können. Stimmen von Kindern, Schreien, fröhliche Rufe von spielenden Kleinen, aber auch das immer schwächer werdene Wimmern der ausgesetzten Säuglinge. Ich höre das Stöhnen einer gebärenden Frau und den Schrei des Neugeborenen. Ich höre stampfende Soldatenstiefel, das Fluchen und Jammern der Verwundeten, ja, ich höre den Kriegslärm der ganzen Erde, ich höre ihn immerzu. Immer wieder hervorbrechend und alles überwältigend. Doch dazwischen auch das Flüstern der Liebenden, Töne eines Flötenspielers und Verse eines Dichters. Ich höre den Atem der Sterbenden und tausend gemurmelte Gebete. In dem einen Moment, da du mit dem Auge zwinkerst, höre ich all jene Geräusche, alle gleichzeitig und doch deutlich zu vernehmen ..." Nabi wiegte sich hin und her, er sprach wie in Trance, war kaum mehr bei Sinnen. „Alles das klingt in mir, spricht zu mir. Man muß nur still genug sein, um zu hören ..."

„Was hat das alles zu bedeuten, Nabi?" Salim war zutiefst verwirrt und erregt, nie zuvor hatte er solche Reden gehört. " Was in aller Welt ist nun der Mensch, was muß ich tun, ihn zu verstehen?" Nabis bärtiges Antlitz verzog sich unmerklich zu einem Lächeln. „Ich, Elender, soll dir sagen, was der Mensch ist? Freund, der Mensch ist ein Labyrinth, ein Rätsel, ein unendlich tiefer Brunnen. Voller Widersprüche steckt er, voller Gegensätze. Die Generationen kommen und gehen, sie errichten und verwerfen, sie stellen Fragen und blicken zu den Sternen. Keine Lehre, keine Wissenschaft und keine Religion kann sie vollständig befriedigen. Kein Mensch kann seine letzten Tiefen durchwandern, auch du nicht." Atemlos lauschte Salim dem Flüstern des Alten: „Gehe deinen Weg weiter, Freund, lerne von den Menschen. Laß dich auf sie ein, erkenne das Wesentliche an ihnen. Du hattest recht, als du aus deiner Welt der Eindeutigkeit, der Selbstverständlichkeit und Selbstzufriedenheit geflohen bist – denn sie kann niemals unsere Welt sein, jeden, der zu hören gelernt hat, spuckt sie aus, wie das Wasser einer schimmligen Zisterne!" Mit einer heftigen Bewegung packte Nabi plötzlich den Saum von Salims Gewand und rief: „Geh weiter deinen Weg! Auch hier kannst du nicht bleiben, geh zu den Menschen, Du mußt weitergehen!" Selten hatte Nabi so lange und eindringlich gesprochen, und erschöpft lehnte er sich jetzt zurück an die Hausmauer. Auch durch Salims Drängen ließ er sich kein weiteres Wort entlocken, sondern versank in vollkommene Schweigsamkeit. Salim aber raffte seine wenigen Habseligkeiten zusammen und legte seine letzte Brotrinde vor die Füße des Bettlers, der ihn offenbar nicht mehr beachtete und wie ein Lumpenbündel in sich zusammengesackt zurückblieb.

3.
Wieder zog Salim durch fremde Gegenden, Städte und größere Dörfer dagegen mied er. Die wenigen Menschen, denen er begegnete, betrachteten den seltsamen Fremden mit mißtrauischen Augen, und oft genug hatte Salim Mühe, ein wenig Brot oder einige getrocknete Feigen als Tagesration zu erbitten. Doch nach und nach hatte er sich an dieses Leben gewöhnt, die Stille und Einsamkeit seiner langen Wanderung begannen seine überreizten Nerven zu beruhigen. Eines Tages, als er schon in der Ferne die breiten, sandigen Ebenen der Wüste erblicken konnte, stieß er am Rande eines dürren Gehölzes auf eine einfache Hütte. Salim hatte in dieser dürftigen Gegend noch keinen Lagerplatz für die Nacht gefunden, und so trat er durch den schmalen Eingang. Nur langsam gewöhnten sich seine Augen an das fahle Licht im Innern, und nur mühsam konnte er ein wirres Durcheinander von unterschiedlichsten Gegenständen erkennen: zwischen dem

spärlichen, roh gezimmerten Mobiliar lagen da dicke Atlanten, Karten, Fernrohre, Linsen, Meßgeräte verstreut, außerdem eine Vielzahl von Utensilien, deren Verwendungszweck Salim gänzlich unbekannt war. Aus diesem seltsamen Anblick schloß Salim nach einigen Momenten verdutzten Überlegens, in die Behausung eines Astronomen geraten zu sein. Ein Sternenkundiger also, der die glasklare Luft der nahen Wüste zu nutzen wußte, um die geheimnisvolle Welt der Gestirne und Planeten, der Monde und der anderen leuchtenden Himmelskörper zu erforschen. Salim hatte einst – jene Zeit schien ihm in diesem Moment endlos ferne zurückzuliegen – von dem Berufsstand der Astronomen gehört, war ihm jedoch stets mit größtem Mißtrauen begegnet, da er ihre Vertreter für Gotteslästerer, wenn nicht gar für magietreibende Zauberer gehalten hatte. Hier jedoch, in dieser nüchternen Umgebung kamen ihm solche Gedanken nicht in den Sinn, und nach mehrmaligem Rufen bewegte sich tatsächlich etwas in der kleinen Kammer unter dem Dach. Der Astronom hatte sich offensichtlich dort einen Beobachtungsplatz eingerichtet und kletterte nun umständlich und etwas steif die Leiter herunter. Im Schein der Öllampe musterte er überrascht den Eindringling, der in seinen zerlumpten Kleidern, mit seiner dürren Gestalt und seinen wachen, unruhigen Augen einen sonderbaren Eindruck auf ihn machte. Aber auch dem Astronomen fehlte in dieser Einsamkeit ein wenig die menschliche Gesellschaft, und so wies er nach anfänglich mürrischem Zögern Salim einen Lagerplatz in der Hütte zu. Bald schon faßten die beiden ruhelosen Geister Zutrauen zueinander, und nach einer spärlichen Mahlzeit und einigen Schlucken süßer Kamelmilch erzählte Salim seine Lebensgeschichte. Der Astronom hatte aufmerksam zugehört, und als Salim geendet hatte, stand er schweigend auf und bedeutete dem Fremden mit einer Handbewegung, einen Blick durch das dicke Fernrohr zu werfen, das am anderen Ende der Hütte durch eine Öffnung in die tiefschwarze Nacht hinausstarrte. Zunächst konnte Salim überhaupt nichts erkennen, machte sich aber rasch mit der Mechanik des Gerätes vertraut und begann mit zunehmendem Eifer, an den verschiedenen Rädchen und Kurbeln zu drehen, während er mit zusammengekniffenen Augen in die vordere Öffnung des Fernrohres blickte. Schwach, aber deutlich erkannte er die Umrisse eines fernen Gestirnes, dessen Licht sich wie der matte Glanz eines Edelsteines von seinem dunkelblauen Hintergrund abhob. „Der Stern, den du siehst," begann der Astronom zu flüstern, „ist so weit von dir entfernt, daß sein Licht

bereits über hunderttausend Jahre unterwegs ist, um hier einzutreffen. Vielleicht hat ihn schon vor vielen Tausenden von Jahren eine Explosion zerstört. Wir würden es nicht wissen, niemals könnten wir es erfahren, denn noch unsere Kindeskinder würden sich an seinem Glanz erfreuen. Was sagen schon unsere armen Sinne, unser armer Verstand? Da, blick hinauf in den Sternenhimmel!" Die Nacht war nun vollständig hereingebrochen, und eine Unzahl von Sternen funkelte über der Wüste. „Kennst du die Zahl dieser Sterne? Niemals wirst du sie erfassen können! Was du siehst, ist nur der zehnmillionste Teil unserer Milchstraße. Sie besteht aus zehn Milliarden Sternen, jeder Stern so groß wie unsere Sonne. Weißt du eigentlich, wieviel eine Milliarde ist?" Salim antwortete nicht, nur sein gewaltiger Adamsapfel hüpfte aufgeregt auf und ab. „Eine Milliarde," fuhr der Astronom fort, „eine Milliarde sind tausend Millionen, tausend mal tausend mal tausend. Und auch unsere Milchstraße ist wiederum nur ein winziger Teil der vielen Milliarden Milchstraßen, die wir heute bereits kennen!" Der Astronom war nun in sein Element gekommen, redete wie ein Wasserfall und blickte dabei belustigt auf die großen Augen Salims. „Wie ein Staubkorn weht unsere Erde durch diese eisige Unendlichkeit. Ein Nichts ist sie im Universum, eine Belanglosigkeit, ein Irrlicht! Und doch – siehe, dieses Staubkorn ist von einer hauchdünnen Haut aus Wasser, Erde und Luft umgeben, zart wie Spinngeweb und wertvoll wie goldenes Geschmeide. Denn nur darin konnte sich unser aller Leben entwickeln, unsere Wärme, unser Staunen. Generation über Generation ist dieses Leben auf uns beide zugekommen, Alter, seit Milliarden von Jahren. Weißt du noch, wieviel eine Milliarde ist?" Salim atmete schwer. Er hatte sich auf den gestampften Boden gesetzt, von wo aus er dem Astronomen folgte, der die seltene Gelegenheit nutzte, einen aufmerksamen und über die Maßen faszinierten Zuhörer vor sich zu haben. „Tausende Male haben die Generationen schon die gleiche Luft geatmet wie du, das gleiche Wasser getrunken wie du, die gleichen Gedanken gedacht wie du, und die gleiche Verzweiflung durchlitten wie du. Vielleicht ist selbst Dein Körper aus Teilchen aufgebaut, die früher einmal einen anderen Menschen gebildet haben, wer kann das schon wissen? Und vielleicht hat sich an anderen Stellen des unendlichen Universums auch Leben entwickelt, Gedanken, Sehnsüchte und Fragen, wer weiß das? Unendlich, wie die Zahl der Gestirne über dir, mein Freund Salim, ist die Zahl unserer Fragen. Und du, dessen Kopf kaum größer ist als der des Wüstenfuchses, willst sie alle beantwortet haben?" Salim

war bei dieser Rede des Astronomen immer stiller geworden, er war förmlich in sich zusammengesunken. Er wußte in diesem Augenblick, daß er in seinem Denken, Fühlen und Glauben völlig neu beginnen mußte. Schon der blinde Bettler Nabi hatte diese Ahnung in ihm geweckt, aber immer wieder hatte er sich gegen diese Einsicht gewehrt. Offene Fragen hatte Salim immer gehaßt, hatte sie für Ausdruck der Schwäche und des Zweifels gehalten. In den Glaubensbüchern und Gesetzeswerken seines früheren Lebens hatte es keine offenen Fragen gegeben, auf alles hatte man eine Antwort parat. Wenn nun aber dieser skurrile Astronom mit seinen Gedankengängen recht haben sollte, wo war da in dieser unvorstellbaren Öde des Universums überhaupt noch Platz für Geborgenheit, Sicherheit und Wärme? Unwillkürlich überfiel Salim ein heftiges Frösteln. Und Gott, ja wo sollte da noch Gott sein? Tröstend legte der Astronom seinen Arm auf Salims Schulter, als habe er dessen Gedanken erraten. „Ich wollte dich nicht noch mehr verwirren, sondern dich vielmehr das Staunen wieder lehren. Du hattest es wahrlich verlernt. Aber das Staunen ist eine unserer menschlichsten Eigenschaften, folge dem Weg des Staunens, und du wirst auch Gott darin wieder finden. Allerdings ganz anders, als du meinst. Merke dir eines:

Staunen über unsere Welt, Ausschau halten nach Ungewohntem und die Hoffnung darüber nicht verlieren – das ist unser Leben, Salim, alles andere ist Lüge!"

In unruhigen Träumen sich wälzend, verbrachte Salim die Nacht und machte sich bereits am frühen Morgen auf den Weg. Der Astronom hatte die ganze Nacht lang Gestirne beobachtet und schlief jetzt tief und ein wenig schnarchend auf seiner Matte.

4.
Salim war in die Wüste hinausgezogen. Wie ein Ausgestoßener setzte er seinen einsamen Weg fort, rastlos, ziellos und voller Unruhe. Nur wenige Tage hielt es ihn noch an einer Raststelle, und selten wechselte er einige Worte mit vorbeiziehenden Händlern. Wilder Bart umwucherte sein Gesicht, das, von der gewaltigen Hakennase geprägt, immer mehr die Form eines Raubvogel-Kopfes annahm. Die sengende Gluthitze der Wüste hatte Salim tiefbraun gebrannt, und nach mehrstündigen Fußmärschen war es schon mehrmals vorgekommen, daß wirre Fieberphantasien seinen Geist umnebelten. Eine dieser Erscheinungen aber sollte sich bald als harte Wirklichkeit erweisen. Als Salim eines Tages eine besonders abgelegene Gegend

durchquerte, sprengten aus einem felsigen Hinterhalt berittene und vermummte Männer an ihn heran, knüppelten den Wehrlosen nieder und bemächtigten sich seiner Habe. „Das also ist das Ende ...", fuhr es Salim noch durch den Kopf, ehe eine dumpfe Ohnmacht ihn der Wirklichkeit entriß. Auf einer Matte liegend, kam Salim einigermaßen wieder zur Besinnung und fand sich im Halbschatten eines Beduinenzeltes. Verschwommen erkannte er eine verhüllte Gestalt vor sich, die ihm schweigend Wasser einzuflößen versuchte. Salim wollte etwas sagen, brachte aus seiner Kehle aber nur ein heiseres Krächzen hervor, und ehe er sich weiter zu orientieren vermochte, senkten sich erneut die Schleier der Ohnmacht über ihn. Noch mehrere Male wiederholte sich dieses Geschehen, ehe das Leben den Ausgestoßenen endgültig zurückerobert hatte. „Wo in aller Welt bin ich?" murmelte Salim, als er wieder der Gestalt gewahr wurde. Erst jetzt erkannte er, daß es sich dabei um eine Frau handelte, die, in türkisfarbene Gewänder gekleidet, eine Wasserkaraffe in Händen trug. Sie wollte eben mit einem sanften Lächeln das Zelt wieder verlassen, als sie Salims fragender Blick zum Bleiben aufforderte. „Wie bin ich hierher gekommen, und wer bist du?" wiederholte Salim hartnäckig, wenngleich noch etwas mühsam seine Frage.

„Ich heiße Tamar," antwortete die Frau, „die Vorreiter unserer Karawane haben dich halbtot in der Wüste gefunden und zu mir gebracht. Seit einer Woche bist du hier im Lager." Langsam kehrten all die vergessenen Bilder der Vergangenheit zu Salim zurück und sein Kopf begann entsetzlich zu schmerzen. „Und du hast mich seither gepflegt?" fragte er ungläubig, „Mich, der ich ein Fremder bin, ein Bettler oder gar einer der Wegelagerer hätte sein können?" Zeit seines Lebens hatte Salim ein gespanntes, genauer: überhaupt kein Verhältnis zu Frauen gehabt. Nicht nur, daß der Umgang mit weiblichen Wesen mit der hohen geistlichen Würde seiner früheren Stellung völlig unvereinbar gewesen wäre, nein, auch persönlich waren ihm Frauen immer suspekt gewesen. Sie verführten die Männer zu allerlei zwielichtigen Gedanken, und wenn sie sich gar in öffentliche Belange einzumischen versuchten – was, zu Salims großem Ärger, bisweilen sogar in seiner alten Heimat schon vorgekommen war –, konnten sie äußerst gefährlich werden. Näheren Kontakt zu ihnen hatte Salim stets gescheut, versehentliche Berührungen waren ihm zuwider gewesen und hatten meist recht grobe Zurechtweisungen zur Folge gehabt. Umso mehr verwunderte es Salim, daß ihn nun die Nähe dieser geheimnisvollen Frau, bei der er einen leichten Fliederduft wahrzunehmen glaubte, keineswegs abstieß, sondern beruhigte und wärmte. Daß ihm der sanfte Druck ihrer Finger, mit der sie seine wundgeschlagenen Körperstellen mit duftendem Öl benetzte, ausgesprochen wohltat, obwohl er – wie er zugeben mußte – zunächst in alter Gewohnheit zurückgezuckt war und ärgerlich protestieren wollte. In einer Anwallung des Mißtrauens waren ihm gar Zweifel an den sittlichen Absichten dieser Frau gekommen, die da mit verführerischem Parfum und ausgesuchten Gewändern ein eigenes Zelt bewohnen konnte, offenbar allein lebte und hinter dem Troß der Händlerkarawane herzog. Doch ein Blick auf seinen alten, abgemagerten und zerschundenen Körper und die Tatsache, daß seine absolute Armut ja jedem offenbar sein mußte, beruhigten ihn und zwangen ihm ob seines Anfluges von Eitelkeit gar ein inneres Lächeln ab. Nein, die Anwesenheit dieser Frau flößte Salim neue Zuversicht, neuen Lebensmut ein. „Warum hast du mich in dein Zelt aufgenommen?" versuchte er, das Gespräch fortzusetzen. Tamar zögerte zunächst, stellte schließlich aber doch die Karaffe auf den Boden und setzte sich daneben. „Dein Schicksal erinnerte mich an das meines Volkes," antwortete sie, „ein geschlagenes Volk, das seit Generationen durch die Wüste zieht, Abgaben und Tribute an fremde Herrscher leisten muß und überall verachtet wird. Auch wegen unseres Glaubens, den die anderen rückständig und primitiv nennen, nur weil wir unsere Träume und Hoffnungen nicht in dicke Bücher sperren, weil wir keine tausend Gesetze und Rituale im Namen des Glaubens errichtet haben – und weil unser Gott kein Gesicht hat!" Schweigend blickte Salim Tamar an, die die letzten Worten geradezu trotzig gesprochen hatte und einen rötlichen Hauch der Erregung auf ihren Wangen zeigte. Diese Beduinenfrau sprach über Dinge, die ihn seit Jahren umhergetrieben und wahrlich an den Rand des Todes gebracht hatten. Nie zuvor hatte er mit einer Frau über Gott gesprochen. „Kein Gesicht," fragte er unsicher, „wie meinst du das?" „Unser Gott hat kein Gesicht. Er hat viele Gesichter, tausend Gesichter und tausend Namen!" antwortete Tamar geheimnisvoll, und fügte, als sie Salims fragende Miene sah, hinzu: „Wir stellen uns unseren Gott eben nicht als Menschenfigur vor, nicht als Mann oder Frau, als Vater oder Mutter, Richter, Häuptling oder Krieger. Er erscheint uns vielmehr in der Weite der Wüstennacht, im Schrei der Neugeborenen oder in den Augen der Sterbenden. Er ist einfach da, immer. Wir suchen ihn nicht festzuhalten mit den Fingern unseres Herzens. Wir würden nur ins Leere greifen, weil er die Unendlichkeit selbst ist. Ein unendlicher Geist des Lebens, der im heißen Sand der Wüste steckt und im Wehen des Windes und in jedem Menschen. Auch in dir. Deshalb haben wir dich nicht in der Wildnis zugrundegehen lassen – weil du letztlich einer von uns bist!"

5.

Lange und mühsam war der Weg gewesen, den Salim zu gehen hatte, seit er in jener fernen Nacht zur Flucht aufgebrochen war. Bisweilen hatte er gemeint, der Boden unter seinen Füßen würde ihn nicht mehr tragen, und nur der Tod, dem er ja oft nahe genug war, würde ihn von seinem endlosen Umherirren erlösen. Schale um Schale hatte er auf seiner Wanderung ablegen müssen, und das war kein frohes Abschütteln, nein, schmerzhaft und elend hatte das Leben seine Wirkung an Salim getan. Doch nun fühlte er neue Ruhe, neuen Glauben an das Leben in sich keimen, zart noch und verletzlich, fühlte Körper und Geist langsam gesunden. Tamar war es gewesen, die die letzte starre Ummantelung von ihm gerissen hatte, die ihm die Fröhlichkeit und Unbekümmertheit seiner Kindheit zurückzuschenken und ein häufiges Lächeln auf seine Lippen zu zaubern vermocht hatte. Immer deutlicher stand es Salim vor Augen, wozu er die letzten Jahre seines Lebens noch

gebrauchen wollte, welches Ziel er seiner abenteuerlichen Reise geben wollte: Zurück wollte er, zu seinem Volk, zu den Menschen, die ihm einst zugejubelt hatten, die einst an seinen Lippen gehangen hatten. Nicht zu altem Ruhm und Ansehen wollte er zurückkehren, nein, in eine stille Ecke seiner Heimat wollte er sich setzen und einfach erzählen. Erzählen, von seinen Wandlungen, von den seltsamen Reden des blinden Bettlers Nabi, der alle Töne der Welt zu hören vermochte, vom Astronomen am Rande der Wüste und den tausend Gestirnen am Himmel. Erzählen aber besonders von Tamar und ihrer lebensbejahenden Weise, von Gott zu sprechen. Ja, diesen neuen, lebendigen Gott wollte er seinen Landsleuten zurückbringen, jeden einzelnen ermutigen, ihn selbst zu suchen in allen Spielarten des Lebens – und je mehr Frauen und Kinder unter seinen Zuhörern sich befänden, umso mehr würde es ihn freuen. Seine alte Energie war in Salim zurückgekehrt, nichts konnte ihn mehr von seinem Plan abhalten, und nach herzlichem Abschied von den Beduinen überschritt er nach wenigen Wochen schon die Grenzen seiner alten Heimat.
Es hatte sich wenig verändert in der langen Zeit seiner Abwesenheit. Die Menschen gingen ihren Beschäftigungen nach, jubelten neuen Predigern zu, und nur mehr die älteren unter ihnen konnten sich überhaupt an Salim und an

die ungeklärten Umstände seiner Abreise erinnern. Die Hüter des Glaubens begrüßten Salim zuerst mit ehrerbietigen Worten, dann, als sie von seinen Erlebnissen und mehr noch seinen Zukunftsplänen vernahmen, nur noch mit höflicher Distanz. Das Geflüster hinter seinem Rücken hörte Salim nicht, maß ihm zumindest keine große Bedeutung bei, sondern ließ sich vielmehr an einer kühlen Ecke des Marktplatzes nieder und fand täglich mehr und mehr Zuhörer. Von dem Gott, der kein Gesicht hat, erzählte er, von den Stimmen des Lebens und von jenen Gestirnen, die so weit entfernt seien, daß ihr Verglühen in tausend Jahren noch nicht bemerkt würde. Wenn sie auch nicht alles verstanden, so freuten sich die Menschen doch über die Heiterkeit und den Eifer des seltsamen Alten, und so manches zerlumpte Kind kuschelte sich wohlig an seine Seite.

Schon von weitem sah Salim eines Tages wieder die bunte Menge, die zur gewohnten Zeit geduldig auf ihn wartete, als er hinter einem dunklen Mauervorsprung ein Rascheln hörte. Langsam drehte er sich um, blickte erstaunt in das haßverzerrte Gesicht eines seiner früheren Meisterschüler, hob nicht einmal mehr die Arme zur Abwehr, sondern brach still, von mehreren Dolchstichen tödlich getroffen, zusammen. Statt dessen stieß, mehrere Tagesreisen entfernt, ein blinder Bettler auf dem Marktplatz sitzend einen leisen Schrei aus.

Das Gipfeltreffen

Der Mann im schwarzen Anzug schritt prüfend durch den primitiv eingerichteten Raum. Bisweilen blieb er stehen, wischte ein paar Krümel von der rohen Tischplatte oder blies den Staub von einem der Hirschgeweihe, die an den kargen Wänden hingen. Schließlich trat er ans Fenster, zog die Vorhänge auf und lockerte seine Krawatte. Dann atmete er tief durch, ließ sich auf die Sitzbank am Tisch fallen und legte die Füße auf einen der Stühle. Es blieben ihm allerdings nur wenige Augenblicke für diese Entspannung, denn kaum hatte er sich gesetzt, öffnete sich mit einem leisen Knarren die Hüttentüre und ein ebenfalls schwarzgekleideter Herr steckte seinen Kopf herein. „Na, mein lieber Säger, das ist ja ein ganz hervorragendes Fleckchen, das Sie uns da ausgesucht haben. Meinen Respekt! Meinen allergrößten Respekt!" Der Eintretende schaute mit einem zustimmenden Lächeln um sich und sagte: „Das freut mich, daß es Ihnen hier gefällt, Herr Minister Hennings. Die Hütte ..." „... ist ein wahres Schmuckstück!" Der Minister zwinkerte verschwörerisch mit einem Auge. „Zweifelsohne im Besitz Ihrer Partei, was?" „Aber, wo denken Sie hin? Wir befinden uns auf neutralem Gebiet." Der etwas aufgeschwemmte

Kopf Alphons Sägers näherte sich dem Ohr des Ministers. „Die Hütte gehört selbstverständlich dem Alpenverein …" „Sehr gut! Das nenne ich ein Gentlemen's Agreement!" Säger lachte. „Ehrensache!" Staatsminister Friedrich Hennings klopfte auf die blank gescheuerte Platte des Holztisches und murmelte: „Sehr rustikal. Sehr romantisch. Fast schade, daß man zur Arbeit hier ist. Wäre sehr erholsam hier." „Da haben Sie vollkommen recht, Herr Minister." „Ach, lassen Sie doch den Minister beiseite, mein lieber Säger. Solange wir in dieser Einöde weilen, sind wir gute Kollegen, die, sagen wir, ein gleiches Interesse an der Sache haben." Säger fühlte sich sichtlich geehrt. „Im übrigen", fuhr Hennings ungerührt fort, „sind Sie in Ihren Wahlkampfreden auch nicht so devot, mein Lieber. Wenn ich da an den letzten Samstag denke …" „Die Umstände, Herr Hennings, die Umstände. Immerhin strebe auch ich das Präsidentenamt an." „Ich weiß, ich weiß. Die Opposition. Deswegen sind wir ja hier. Aber lassen wir das. Die Bergluft erfrischt." Die beiden Männer legten ihre Jacketts ab, hingen sie über die Stuhllehnen und setzen sich. „Zwei Tage ohne Sekretärin, ohne persönlichen Referenten, ohne Leibwache, das ist selten." Alphons Säger blickte verträumt aus dem Fenster, durch das mattes Licht fiel. „Sehr selten", stimmte ihm Hennings zu, „eigentlich schon gar nicht mehr wahr. Man fühlt sich ganz merkwürdig. Irgendwie nackt." „Ein vollkommenes Inkognito. Genießen wir es. Kein Mensch in unserem Staat weiß, daß wir hier sind." Hennings runzelte die Stirn. „Hoffentlich. Ruchbar darf die Sache nicht werden." „Seien Sie unbesorgt. Wir sind unter uns. Der Pilot ist zuverlässig. Wo bleibt Frau von Gumpen eigentlich?" Der Minister blickte aus dem Fenster. „Sie steht noch am Helikopter. Hervorragender Landeplatz übrigens. Erstaunlich – mitten im Hochgebirge. Haben Sie lange gesucht?" „Das schon. Es ist ja fast nicht mehr möglich, daß Spitzenpolitiker unerkannt miteinander plaudern können. Nächstens werden wir uns noch über Nacht in ein Museum einschließen lassen müssen!" „So ist es. Die Presse ist überall, diese Meute!" „Man wird seines Lebens nicht mehr froh. Gerade zu Beginn des Wahlkampfes." „Früher war das anders. Man war unter sich." „Es macht keinen Spaß mehr ..."

In das Gespräch mischte sich das erneute Knarren der Hüttentüre. Eine elegant gekleidete, ältere Dame betrat die Berghütte. „Da sind Sie ja, Frau von Gumpen", rief Hennings und scherzte mit einem Seitenblick auf die zahlreichen Jagdtrophäen an der Wand: „Wir dachten schon, sie wären auf Gemsenjagd gegangen." Die dünnen Lippen der

Verlegerin verzogen sich kaum zu einem Lächeln. „Immer zu einem Späßchen aufgelegt, unser guter Minister. Sie haben den Flug offenbar gut überstanden?" „Blendend. Solch einen sanften Vogel hat nicht einmal die Regierung heutzutage. Kompliment an den Piloten." „Das können Sie später persönlich überreichen. Carlo wird ja bei uns bleiben. Ein prima Flieger! Und vielseitig dazu!"

Sie lachte vieldeutig. „Solches Personal ist selten", entgegnete Friedrich Hennings mit einer Spur von Verunsicherung in der Stimme, „aber ich schlage vor, unsere Ankunft mit einem kleinen Schluck zu begießen. Habe gehört, das sei über zweitausend Meter so üblich. Auf Ihr Wohl denn! Der Minister angelte aus seinem Aktenkoffer eine Cognacflasche, nahm einen kräftigen Schluck und reichte die Flasche weiter. Schweigend tranken Frau von Gumpen und Alphons Säger. Na, dann wären wir ja soweit", schaltete sich der Oppositionsführer in das Gespräch ein, „ich schlage meinerseits vor, die Unterredung zu beginnen." „Sie haben es ja mächtig eilig!" rief Hennings jovial, „Alle Achtung, mein Lieber. Die Wahl ist erst in einem Jahr. Aber Sie haben recht, wir haben einiges zu besprechen. Setzen wir uns." Frau von Gumpen blieb stehen. „Einen Moment, die Herren. Wir sind noch nicht vollzählig." „Wie bitte? Es kommt noch jemand?" „Es sollte doch ein Treffen aller Bewerber um das Präsidentenamt werden. Ein Treffen mit der Presse, also mit mir …" Säger blickte verdutzt die Verlegerin an. „Ja, schon, aber …" „Es scheint ihnen entgangen zu sein, daß auch die Alternativen einen Bewerber vorgeschlagen haben, respektive eine Bewerberin." „Soll das heißen?" „Genau. Ich habe die Dame zu unserem Plausch gebeten." „Aber … aber das ist gegen die Abmachung. Wir vereinbarten absolute Diskretion!" „Keine Sorge. Die bleibt auch gewahrt", erwiderte Frau von Gumpen ungerührt, „habe neulich die alternative Verlagsszene aufgekauft. Sie tanzen nach meiner Pfeife …" Minister Hennings zündete sich nervös eine Zigarre an und meinte halblaut: „Das geht ja schon gut los. War von Anfang an mißtrauisch." „Auch ich bin sehr verwundert über die Frau Verlegerin!" pflichtete ihm Säger bei. „Nur keine Animositäten. Gleiches Recht für alle." „Die Kandidatin der Alternativen ist chancenlos. Die Sache wird nur komplizierter dadurch …" Die Verlegerin lächelte süßsauer. „… und amüsanter! Konkurrenz belebt das Geschäft." „Sie denken nur an's Geld." Der Minister blies dicke Tabakswolken in die Luft. Frau von Gumpen erwiderte, den Qualm gelassen beiseitefächelnd: „… das bekanntlich nicht stinkt." „Und wo ist die Dame jetzt, wenn man fragen darf? Im Helikopter war sie nicht."

„Nein, sie lehnt Fliegen aus ökologischen Gründen ab. Sie wollte zu Fuß herkommen." Alphons Säger erwachte aus seinem tiefen Grübeln. „Zu Fuß? Hierher?" „Sie wollte sich heute morgen zeitig auf den Weg machen." Der Minister schnaufte ärgerlich. „Ich muß auf Einhaltung des Zeitplanes dringend bestehen. Mein Verschwinden kann in der Hauptstadt nur bis morgen mittag unbemerkt bleiben. Zum Mittagessen bin ich mit dem Botschafter von Sambia verabredet. Nicht einmal meine Frau weiß, wo ich bin." „Da geht es uns allen gleich", pflichtete ihm Säger bei. „Meine Mitarbeiter vermuten mich beim Zahnarzt." „Wir werden rechtzeitig zurück sein", entgegnete Frau von Gumpen eisig, „aber jetzt still, ich höre was." Tatsächlich drang von draußen wütendes Geschrei herein. Die drei eilten ans Fenster und sahen, wie Carlo, der Pilot des Helikopters, mit festem Griff ein Mädchen am Arm hielt und sie zur Hüttentüre zerrte. Frau von Gumpen riß die Türe auf und rief: „Aber Carlo, was fällt dir ein? Laß die Dame sofort los!"

Carlo, der das heftig um sich schlagende Mädchen immer noch nicht freigab, keuchte: „Die Göre da hat draußen herumspioniert. Behauptet, zu Ihnen zu wollen. Soll ich ihr Beine machen?" Die Verlegerin herrschte ihn an. „Du läßt sie jetzt auf der Stelle los! Das ist doch die Abgeordnete Meike Müller-Fehrenbach von der Alternativen Partei." Und, zu dem heftig fluchenden Mädchen gewandt: „Meine liebe Müller Fehrenbach, entschuldigen Sie vielmals, Carlo ist manchmal etwas ungestüm. Aber jetzt kommen Sie, wir haben noch viel zu tun …"

2.
Alle, außer Carlo, der sich um den Helikopter zu kümmern hatte, saßen sie nun um den groben Holztisch. In der Mitte dampfte ein großer Kessel Tee. Minister Hennings hatte, wie es seine Gewohnheit war, das Wort an sich gezogen: „Also, um den tieferen Grund unseres Treffens noch einmal klar zu umreißen: Es ist die Not, die nackte Not, die uns zu diesem ungewöhnlichen Schritt zwingt." „Das Wohl des Steuerzahlers sozusagen …", unterbrach ihn Alphons Säger, der fürchtete, als Oppositionsführer nicht genügend zur Geltung zu kommen.

„So ist es. Die Zeiten sind vorüber, als noch jede Partei auf Biegen und Brechen Wahlkampf führte. Als man noch Millionen ausgeben konnte für Massenkundgebungen, Großanzeigen und Fernschauftritte. Ich erinnere mich: Mit einem Tieflader voll Technik durchquerten wir das Land.

Feuerwerk und Freibier. Das Volk jubelte. Doch heute – die Kassen sind leer. Kein Mensch kann heute noch diesen Zirkus bezahlen. Die Schatzmeister raufen sich die Haare."
„Andererseits – das Publikum ist verwöhnt. Es hat ein Anrecht auf das Spektakulum." Alphons Säger pflichtete seinem politischen Kontrahenten mit dem betrübtesten Gesicht bei. „Es will politische Hinrichtungen sehen, und das nicht zu knapp. Brot und Spiele. Was wäre Demokratie ohne Wahlkampf? Wie eine Diktatur ohne Kerker." Minister Hennings nickte staatsmännisch. „Sehr wahr, Herr Kollege. Gerade deshalb sind wir hier. Ungewöhnliche Situationen erfordern ungewöhnliche Schritte. Wenn sich nicht jede einzelne Partei einen aufwendigen Wahlkampf mehr leisten kann, müssen wir eben zusammenlegen." „Zusammenlegen?" Die Kandidatin der Alternativen, Meike Müller-Fehrenbach, hatte dem Dialog der beiden Politiker mit verschlossenen Gesichtszügen zugehört. „Ja, meine liebe Frau Müller-Fehrenbach." Minister Hennings redete väterlich auf das Mädchen ein. „Die demokratischen Kräfte müssen in diesen schweren Tagen den Gürtel enger schnallen und zusammenrücken." „Versteh ich nicht. Werden Sie doch deutlicher." „Ist das so schwierig? Gemeinsam gegen die Herausforderung! Auf neuen Wegen in die Zukunft! Miteinander – füreinander – zueinander!"

Müller-Fehrenbach schüttelte verständnislos den Kopf. „Also dann im Klartext", seufzte Hennings, „wir inszenieren eine gemeinsame Wahlkampfkampagne und teilen die Kosten. Was ist daran so schwer zu verstehen?" „Eine gemeinsame Kampagne? Mit Ihnen zusammen auf Kundgebungen gehen, Versammlungen halten und Flugblätter verteilen? Ausgeschlossen! Wo bleibt da die Konfliktfähigkeit?" „Keine Sorge, die bleibt schon gewahrt. Natürlich werden wir uns weiter angeifern, beschimpfen und bespucken wie bisher. Natürlich werden wir uns gegenseitig vorwerfen, den Staat zugrundezurichten. Jeder vor seiner eigenen Klientel, alles wie gewohnt." „Getrennt marschieren, gemeinsam siegen." griff Säger das Stichwort auf. „Richtig. Aber das Ganze wird endlich einen roten Faden bekommen, ein gemeinsames Konzept, eine harmonische Einheit ..." „Eine konzertierte Aktion im Dienste des Allgemeinwohls! Wie ein Konzert muß es klingen. Ein Konzert mit vielen verschiedenen Instrumenten. Machtvolle Posaunen, dröhnende Pauken, bohrende Celli ..." „Seht doch das Ziel vor Augen: Endlich wird aus dem chaotischen Nebeneinander der Politik ein harmonisches Miteinander ..." „... Argumente und Gegenargumente passen endlich aufeinander ..." „... Fragen finden endlich ihre Antwort ..." „... weil das eine wie das andere aus der

Feder ein und desselben Ghostwriters stammt!" „Die Renaissance der Scholastik." „Eine staatsphilosophische Revolution." „Ein politisches New Age. Und – Sie verzeihen die Rückkehr ins Triviale – die Kosten halbieren sich. Druckkosten, Gebühren für Management und Planungsbüros, Bestechungsgelder für Medien und veröffentlichte Wählerumfragen ..." „... auch die Luftballone sind in Millionenauflage billiger!" Säger und Hennings lachten dröhnend und klopften der jungen Politikerin auf die Schulter. „Freilich, jedes Konzert braucht einen Dirigenten, jedes Theater einen Regisseur! Einen, der das Drehbuch schreibt." „Überparteilich und neutral. Wie ein liebender Vater. Oder eine Mutter ..." Hennings blickte auf die Verlegerin, die dem Redeschwall gelangweilt gefolgt war. „Wir dachten da an Sie, liebe Frau von Gumpen. Sie sind unbefangen. Niemand kann Ihnen Einseitigkeit vorwerfen. Sie kontrollieren die rechte Presse wie die linke." „Und die alternative bekommen sie auch in den Griff, wie wir hörten", pflichtete ihm der Oppositionsführer bei, „Genial. Eine Moderatorin wie aus dem Bilderbuch. Wir legen unsere gemeinsame Strategie in Ihre Hände, Frau Verlegerin." Die alte Dame blickte die beiden kühl an. „Ihr Vertrauen ehrt mich. Aber Politik ist nicht meine Ambition." „Wer redet denn von Politik? Dafür sind doch wir da. Nein, Sie überwachen lediglich die Spielregeln unseres Geschäftes." „Sie brauchen sich nicht die Finger schmutzig zu machen. Sie führen Regie! Das tun Sie doch ohnehin längst." „Wir beschwören Sie. Die Presse ist doch das Gewissen der politischen Sünder." „Ein Über-Ich der Staatspsyche." „Eine Heilsarmee gegen die Unterdrückung des Wahlvolkes." Scheinbar schien diese Suada ihre Wirkung nicht zu verfehlen. Viktoria von Gumpen murmelte jedenfalls nachdenklich: „Vielleicht haben Sie recht. Allerdings eine gewaltige Aufgabe." „Für wahr – eine Herkuleslast auf zarten Schultern. Doch nicht auf schwachen!" „Sie überschätzen mich." „Keineswegs. Sie haben immer Ihren Mann gestanden. Eine moralische Institution. Erfolge verkraftet und Niederlagen weggesteckt." „Das wird sich herausstellen." „Wir dürfen also mit Ihrer Zusage rechnen? Nebenbei – es wird für Ihren Konzern nicht von Nachteil sein." „Ich bin nicht bestechlich!" „Wer redet von Bestechung? Engagement für das Allgemeinwohl muß gewürdigt werden. Nicht wahr, Herr Kollege?" „Die Opposition hat keine Bedenken." Die Verlegerin schien zu überlegen. „Ich weiß nicht recht, aber wenn Sie meinen ..." „Na, sehen Sie," dröhnte Hennings jovial, „Eine neue Ära in der Geschichte der Wahlkämpfe kann beginnen." „Ich wußte, daß wir uns auf Sie verlassen können."

In diesem Moment klopfte es an die Türe. Alle zuckten zusammen. Aber es war nur Carlo, der seinen Kopf hereinsteckte. „Ach du bist es Carlo," sprach ihn die Verlegerin an, „was gibt's?" „Das Wetter gefällt mir nicht, Chefin." „Was heißt, das Wetter gefällt dir nicht?"

„Es liegt was in der Luft. Unwetter, oder so. Auch das Radio meldet einen Umschwung."

„Seit wann bist du so zimperlich?" „Ich weiß nicht, Chefin. Wir sollten zurückfliegen."

„Zurückfliegen? Bist du übergeschnappt? Wir sind nicht zum Sightseeing hier. Wir können die Besprechung nicht einfach verschieben." Auch Friedrich Hennings protestierte.

„Also ich für meinen Teil habe die nächsten vier Monate keinen Termin mehr frei."

„Siehst du?" bestimmte Viktoria von Gumpen kategorisch, „Bis morgen mittag wird's schon halten. Leg dich schlafen, altes Haus. Ruh dich aus! Du wirst das schon schaukeln."

„Wie Sie meinen, Chefin." Carlo zog den Kopf zurück und verschwand. Die Verlegerin wandte sich an die übrigen. „Entschuldigen Sie, meine Herrschaften. Wo waren wir stehengeblieben?"

„Bei der Pressearbeit." „Richtig. Nun gut, die lassen Sie meine Sache sein. Aber auch Sie müssen Ihren Beitrag zum Erfolg leisten. Ihre Wahlkampfauftritte müssen aufeinander abgestimmt sein. Die Pointen und Spitzen, sie verstehen ..." „Verstehe. Die perfekte Show."

„Ich werde ein Konzept entwickeln, das alle Ihre Argumente und Gegenargumente effektvoll zur Geltung bringt. Kein Problem. Viele sind es ja nicht." Alphons Säger war doch etwas pikiert. „Aber entschuldigen Sie! Ich habe eben eine wundervolle Rede ..." „Keinen Widerspruch! Ich liefere Ihnen einen Stapel vorformulierter Wahlreden, an die Sie sich bitte strikt zu halten haben. Kein Risiko. Ich muß an ihre Selbstdisziplin appellieren. Konkrete Aussagen müssen um jeden Preis vermieden werden. Und keinesfalls irgendwelche Fragen aus dem Publikum beantworten. Das bringt nur Komplikationen." Hennings pflichtete ihr bei. „Keine Sorge. Das war auch bisherige Praxis." „Für den äußersten Notfall gebe ich Ihnen eine Standardantwort zur Hand, die universal einsetzbar ist. Gibt Ihnen zehn Minuten Luft und schüchtert den Fragesteller ein." Frau Müller-Fehrenbach schüttelte den Kopf. „Aber das ist doch Wählerbetrug. Der Wähler hat ein Recht auf einen ehrlichen Streit." „Der Wähler hat ein Recht auf Unterhaltung. Und die optimieren wir. Machen Sie sich doch nichts vor. Wir sind doch längst alle Schauspieler. Tragische Helden auf mittelmäßigen Bühnen." Alphons Säger nickt nachdenklich. „Jeder muß halt seine Rolle spielen. Meinen Sie, uns wird das Spaß machen, vorgekaute Floskeln nachzubeten? Wie alte Jagdhunde, die an den ausgegrabenen Knochen vergangener Zeiten nagen. Sie hätten uns als junge Kommunalpolitiker erleben sollen! Heißsporne waren wir! Aber man muß Opfer bringen. Die Staatsraison, die Staatsraison …."

3.
Der erste, der am nächsten Morgen in dem kleinen Hüttenraum erwachte, war Alphons Säger. Er saß mit wirrem Haar auf der Bank und blickte aus dem Fenster. „Es schneit in einem fort," flüsterte er tonlos, „offenbar die ganze Nacht. Über einen Meter Schnee …"

Ungehalten brummte neben ihm jemand. Es war Friedrich Hennings, der sich in seinem Morgenschlaf gestört fühlte. Doch Säger schüttelte ihn aufgeregt. „Herr Minister, wachen

Sie auf! Wir sind eingeschneit." Hennings blieb einige Augenblicke unbewegt und fuhr dann erregt auf. „Was? Eingeschneit?" „So sehen Sie doch." „Entsetzlich! Wir müssen sofort abreisen. Meine Termine." In diesem Moment ging die Türe auf und ein eisiger Luftzug umwehte die beiden. Frau von Gumpen trat ein und klopfte sich den Schnee vom Pelzmantel. „Guten Morgen allerseits! Schöne Bescherung, was? Ein Wettersturz. Wir sitzen hier fest."

„Wir sitzen fest?" Hennings und Säger waren gleichzeitig aufgesprungen. „Sieht so aus. Carlo versucht seit einer Stunde, die Maschine zu starten, aber vergeblich. Alles vereist. Wir werden es uns hier gemütlich machen müssen." Hennings raufte sich die ungekämmten Haare. „Gemütlich, gemütlich! Sie haben Humor, Madame. In der Hauptstadt wird man rotieren. Man wird spätestens mittags eine Krisensitzung einberufen. Das Kabinett. Die Geheimdienste. Eine Katastrophe!" „Wie konnte das nur passieren? Gestern keine Spur von schlechtem Wetter. Ein wunderbarer Flug." Viktoria von Gumpen zuckte mit den Schultern. „Freilich, Carlo hatte eine gewisse Vorahnung." „Richtig, ich erinnere mich!" rief Minister Hennings erregt, „Sie haben nicht auf ihn gehört. Sie haben ihn weggeschickt. Sie tragen für alles die politische Verantwortung, Frau von

Gumpen! Machen Sie was! Stellen Sie diese Sauerei sofort ab!" „Tut mir leid, Minister. Gegen Schnee ist auch die Presse machtlos."

„Typisch. Wenn's um die Verantwortung geht, zieht man sich auf den Beobachter-Status zurück. Feine Manieren. Aber Sie, Säger, Sie haben doch die Hütte ausgesucht. Wie lange haben Sie Ausschau gehalten, bis Sie dieses Schneeloch gefunden haben, was? Eine Intrige der Opposition, ich dachte es mir gleich. Sie wollen mich desavouieren, kurz vor den Wahlen. Ein infames Spiel!" „Ich protestiere! Solche Anschuldigungen muß sich meine Partei nicht bieten lassen, ich werde die Angelegenheit vor den Ältestenrat bringen." Die Verlegerin hob beschwichtigend die Hände. „Aber meine Herren, so beruhigen Sie sich doch. Wir hatten uns doch gemeinsam auf dieses Treffen geeinigt. Diesen Wettersturz konnte nun wirklich niemand ahnen. Zweifelsohne wird sich unser Abflug nur um wenige Stunden verzögern."

„Ihr Wort in Gottes Ohr, sofern er eine Ihrer Zeitungen liest." Und, zu Säger gewandt: „Haben wir wenigstens genügend Holz zum Feuermachen?" Säger wandte sich demonstrativ der Verlegerin zu. „Mit diesem Herrn spreche ich nicht. Sagen Sie ihm, die Axt lehnt vor der Türe." „Jetzt spielen Sie nicht die beleidigte Leberwurst!" rief Hennings ärgerlich, „Wir sind hier nicht im Parlament. Leider. Apropos – wo steckt eigentlich unsere Kollegin von der Müsli-Fraktion?" „Vorhin schlief sie noch." „Auch typisch. Den halben Tag verschlafen und dann Zeter und Mordio schreien." Er klopfte laut an die Kammertüre. „Hallo, aufwachen Frau Kollegin, der Konsens aller Demokraten ist gefordert! Ich biete Ihnen eine Große Koalition an." Eine Stimme antwortete verschlafen: „... darüber hat das Vorstands-Kollektiv zu entscheiden." „Sie träumt noch, die Gute. Aufwachen!" „Lassen Sie mich in Ruhe. Es ist mitten in der Nacht." Säger lachte bissig. „Mitten in der Nacht? Dann gucken Sie doch mal aus dem Fenster." Einem Moment der Stille folgte ein überraschter Ruf. Dann erschien Meike Müller-Fehrenbach im Pyjama und feixte: „Eigentlich faszinierend. Dieses Naturerlebnis ..."

„So faszinierend finden wir das gar nicht, Frau Müller-Fehrenbach. Wir sitzen hier fest. Der Helikopter kann nicht starten." „Tja. Der Fluch der Technik ..." „Sie regen mich auf!" „Aufregung wird es in der Tat geben, wenn wir nicht rechtzeitig zurück sind. Bedenken Sie: der Spitzenkandidat der Präsidentschaftswahlen – verschollen. Der Oppositionsführer – verschollen. Die Medien-Zarin –

verschollen. Und alle zur gleichen Zeit." „In der Tat eine absurde Situation. Klingt fast wie eine Ihrer Erzählungen, Frau von Gumpen." Meike Müller-Fehrenbach war überrascht. „Sie schreiben Erzählungen? Sie sind auch noch Schriftstellerin?"

„Ach, das ist alles maßlos übertrieben ..." „Nichts ist da übertrieben!" rief Alphons Säger, „Auch ich bin ein eifriger Leser Ihrer skurrilen Geschichten ..."

Er wurde unterbrochen von einem heftigen Rumpeln vor der Hütte. Heftig stampfend kam Carlo zur Türe herein und klopfte sich den Schnee ab. Unter dem Arm trug er eine Plastiktüte. „Aussichtslos. Die Kiste will nicht. Außerdem bei dem Schneefall. Das wäre der reinste Selbstmord ..." „Das Funkgerät?" fragte Viktoria von Gumpen knapp. „Die Akkus sind ausgefallen. Nur das Transistorradio läuft noch." „Nun ja. Die paar Stunden müssen wir eben aushalten. Sobald die Sonne die Maschine etwas erwärmt, können wir starten. Sollten wir nicht in aller Ruhe unsere Verhandlungen fortführen?" Säger seufzte. „Sie haben recht. Wir dürfen die kostbare Zeit nicht nutzlos verstreichen lassen. Setzen wir uns." Alle nahmen um den Tisch herum Platz, Carlo setzte sich in eine andere Ecke der Hütte, begann die Zeitung zu lesen und kritzelte bisweilen etwas auf einen Notizblock. „Also, wo waren wir stehengeblieben gestern abend?" „Wir haben die grundsätzliche Bereitschaft zur interfraktionellen Kooperation auf dem Gebiet der politischen Überzeugungsarbeit geklärt," sagte Säger steif, „Aus einer Verantwortung für das Ganze heraus." „Richtig!" bestätigte Friedrich Henning, „Ohne Scheuklappen. Ohne Hintergedanken. Da soll uns noch jemand kleinliches Parteiengezänk vorwerfen!" „Staatsmännisch eben." „Ich will nicht drängeln", warf die Verlegerin von Gumpen jetzt spöttisch ein, „Aber wir sollten uns den Details zuwenden, meine Herren." „Völlig richtig, Frau von Gumpen. Das wollte ich auch gerade vorschlagen. Womit sollen wir beginnen?" „Zum Beispiel mit der Frage, wer letztendlich aus dem ganzen Theater als Präsident hervorgehen soll. Ist ja auch nicht ganz nebensächlich, oder?" Müller-Fehrenbach warf ihr einen erstaunten Blick zu. „Ja aber, das wird man doch erst nach den Wahlen sehen! Oder etwa nicht ..." Auf diese Frage folgte betretenes Schweigen. Müller-Fehrenbach sah von einem zum anderen. Alle wichen sie ihrem Blick aus. Hennings versuchte sich aus der Situation zu retten, indem er bestimmt sagte: „Also, liebe Frau von Gumpen, über diese Frage sollten wir vielleicht im kleinen Kreise ..." Doch da stieß er bei der alten Dame auf Granit. „Auf gar keinen Fall. Ich bestehe darauf, daß die

Personalentscheidungen sofort getroffen werden. Ich muß wissen, zu welchem Ergebnis meine Strategie führen soll." „Also gut, wenn Sie meinen", murmelte Hennings, „als amtierender Präsident bin ich schon davon ausgegangen, daß der Kontinuität der politischen Landschaft wegen ... Sie verstehen, unsere außenpolitischen Beziehungen leben doch von der Berechenbarkeit, unsere Partner brauchen langfristige Identifikationsfiguren und deshalb ..." „Reden Sie nicht herum", unterbrach ihn Alphons Säger bissig, „wir haben Sie schon verstanden – Sie kleben an Ihrem Amtssessel! Sie wollen unsere Kampagne für Ihre persönlichen Ziele mißbrauchen! Ist das eine staatsmännische Gesinnung, frage ich Sie?" „Spielen Sie hier doch nicht den Moralapostel!" Hennings braust auf. „Was haben Sie sich gedacht? Glauben Sie, daß ich einem windigen Oppositionspolitiker, der niemals mehr als dreißig Prozent ..." „Also den windigen Oppositionspolitiker nehmen Sie sofort zurück! Das ist doch die Höhe. Frau von Gumpen, muß ich mir das bieten lassen? Außerdem melde ich mit Nachdruck den Anspruch meiner Partei auf das Amt des ..." Hennings fuhr auf. „Aha, daher weht der Wind! Mich mit Hilfe der Presse aus dem Amt hebeln! Das haben Sie sich aber fein ausgedacht. Nicht mit mir." Veronika von Gumpen klopfte energisch auf die Tischplatte. „Aber meine Herren, so kommen wir doch nicht weiter. Ich dachte, in diesem Punkt gäbe es längst einen Konsens zwischen Ihnen. Wie sollen wir denn da vernünftig arbeiten?" „Nach acht Jahren Opposition sind wir jetzt dran, da beißt die Maus keinen Faden ab." „Sie sind aber auch stur. Ich bin ja gerne bereit, über eine angemessene Beteiligung Ihrer Leute an der Last der Verantwortung zu verhandeln. Immerhin stehen wichtige Personalentscheidungen in einigen Ministerien, Rundfunkanstalten und Aufsichtsräten bevor." „Eben diese Posten würde ich als Präsident gerne Ihren Leuten anbieten." Auch Meike Müller-Fehrenbach mischte sich ein. „Und was ist mit meiner Partei?" „Einen alternativen Fernsehintendanten? Sie sind wohl nicht recht bei Trost?" „Dann wird es auch keine weitere Zusammenarbeit geben!" „Das gleiche gilt für meine Partei!" Friedrich Hennings sprang von seinem Stuhl auf. „Verflucht nochmal, seien Sie doch nicht so bockig!" Er trat nervös ans Fenster und öffnete die quietschenden Flügel. „Unter solchen Bedingungen kann man aber auch keinen vernünftigen Gedanken fassen. Dieser weiße Dreck da draußen macht einen ganz konfus!" „Na schön, unterbrechen wir die Beratungen. Die Opposition erhebt keinen Einspruch. Mein Magen knurrt ohnehin schon." Meike Müller-Fehrenbach nickte. „Essen? Gar nicht übel. Ich habe einen Bärenhunger. Nur – was essen wir? Hat jemand etwas dabei?" Hennings und Säger blickten einander an. „Normalerweise kümmert sich meine persönliche Referentin um solche Dinge." „Versteh ich. Mir geht es ähnlich." Carlo ließ sein Buch sinken, nestelte in seiner Plastiktüte und sagte: „Ich habe Brot und Salami dabei!" Die Verlegerin lachte. „Er denkt eben an alles. Aber hatten Sie nicht auch noch etwas in Ihrem Aktenkoffer, Herr Hennings?" „Ich? Ich habe nichts ..." „Ein klitzekleines Fläschchen vielleicht?" Hennings grinste gekünstelt. „Ach so! Den Cognac meinen Sie. Ich stelle ihn gerne dem Allgemeinwohl zur Verfügung. Obwohl ich ihn eigentlich zum Einschlafen bräuchte." „Ein Brot, eine Salami und eine halbe Flasche Cognac. Nicht eben üppig. Aber besser als nichts."

Alle setzten sich, begannen zu essen und Cognac zu trinken. Zunehmend löste sich die Stimmung. „Also, Cognac zum Frühstück", kicherte Meike Müller-Fehrenbach „ich weiß nicht ..."

Hennings prostete ihr väterlich zu. „Trinken Sie, meine Liebe, trinken Sie. Rein vegetarisch, das Zeug. Hahaha ..." „Auf unser Wohl! Es wird nicht mehr so schnell vorkommen, daß der Minister eine Runde ausgibt. Vielleicht ist er es nicht mehr lange!" „Papperlapapp! Aber wenn ich mir jetzt so vorstelle, wie sie in meinem Ministerium malochen, dann finde ich es hier ganz gemütlich." Auch die Verlegerin nippte an ihrem Glas. „Sehen Sie, Sie besitzen die rechte Einstellung." „Die gute Schmitz-Mahrenholz," fuhr der Minister mit rotem Kopf fort, „diese Schreckschraube, wird in zwei Stunden an meiner Bürotüre klopfen, wie immer, ohne eine Antwort abzuwarten, öffnen, eine Ladung Akten auf den Tisch knallen und mit ihrer penetranten Stimme verkünden, welche Arbeiten nicht erledigt sind. Heute wird es ihr die Sprache verschlagen. Sie wird fassungslos im Terminkalender blättern, dann zum Staatssekretär – auf sein Wohl – laufen, dann zum Unterstaatssekretär – auf sein Wohl – und schließlich wird der ganze Stab versammelt sein und dumm gucken. Dann wird man wohl oder übel dem Botschafter von Sambia mitteilen müssen, daß der Minister wegen dringender Besprechungen zum Präsidenten gerufen wurde ..." „Oder daß er auf einer einsamen Berghütte eingeschneit ist ..." fügte Meike Müller-Fehrenbach unter dem immer ausgelassener werdenden Gelächter der übrigen hinzu ...

4.

Einige Stunden später saßen alle mit stierem Blick um den Tisch. Die Herren hatten die Krawatten gelockert und die

Schuhe ausgezogen. Meike Müller-Fehrenbach lehnte schlafend an Hennings. Nur Viktoria von Gumpen saß wie immer in korrekter Haltung auf ihrem Stuhl und blätterte in einer Broschüre. „Es wird wieder dunkel", sagte Alphons Säger tonlos und blickte aus dem winzigen Hüttenfenster, „und es schneit ununterbrochen." „Mein Kopf brummt wie ein Sack Hummeln", entgegnete Hennings, „hat jemand eine Schmerztablette bei sich?" „Leider nein. Könnte selber eine vertragen. Man ist die frische Bergluft nicht mehr gewöhnt. Der Kreislauf." Viktoria von Gumpen blickte von ihrer Zeitschrift auf. „Sie sollten sich eine Stunde Schlaf gönnen, meine Herren. Das erfrischt. Nehmen Sie sich doch unsere liebe Müller-Fehrenbach zum Vorbild. Sehen Sie nur, wie friedlich sie schläft." „Die Unschuld in Person", stichelte Säger, „politisch und menschlich." Friedrich Hennings stießt Meike Müller-Fehrenbach unsanft in die Seite. „Wachen Sie auf! Sie können doch nicht andauernd schlafen." „Was ist denn los?" knurrte sie schlaftrunken, „Laß mich schlafen, Friedrich."

„Lassen Sie das bleiben. Wir sind nicht per Du! Das … das war ein Irrtum. Es kam von der Nervenanspannung." „Oder von Ihrem Cognac …", flüsterte Frau von Gumpen lächelnd dazwischen.

Hennings fuhr sich mit den Fingern durchs Haar. „Sie haben gut spotten, Frau von Gumpen. Über Sie werden keine bösen Kommentare geschrieben. Der zukünftige Präsident mit diesen Chaoten auf Du und Du! Ich sehe schon die fetten Schlagzeilen in Ihren Gazetten, Frau Verlegerin." Müller-Fehrenbach, die inzwischen vollständig erwacht war, rieb sich erschrocken die Augen. „Wo bin ich? Was ist geschehen?" „Zu Frage eins: Sie befinden sich zweitausendfünfhundert Meter über Meereshöhe", antwortete Hennings ungerührt, „unwegsames Bergland. Starker Schneefall. Zu Frage zwei: Sie haben sich unseren Beratungen durch exzessiven Alkoholgenuß entzogen." „Verantwortungslos!" pflichtete ihm Säger bei. „Nicht koalitionsfähig." „Ich kann mich nicht entsinnen ..." „Das glaube ich. Aber Spaß beiseite jetzt. Wie soll es weitergehen? Heute kommen wir nicht mehr fort hier. Die Verlegerin rieb sich die Hände. „Es ist kalt hier. Wir müssen einheizen. Es muß jemand rausgehen und Brennholz suchen." Säger deutete auf Hennings. „Wie wär's mit Ihnen, Herr Minister?" „Sind Sie wahnsinnig, Mann? Bei dem Schneegestöber ist das lebensgefährlich. So leicht kommen Sie nicht auf den Präsidentensessel. Ich frage mich überhaupt, ob das nicht ein abgekartetes Spiel ist " „Immer die gleiche Leier. Aber sollten wir nicht irgendwie auf uns aufmerksam machen? Man könnte Rauchzeichen geben." Hennings lachte bitter auf. „Damit der nächstbeste Bergwacht-Trupp hier aufkreuzt und sich totlacht über uns? Das steht in allen Zeitungen, das können selbst Sie nicht verhindern, Frau Verlegerin. Das politische Ende von uns allen." „Dann lassen Sie sich etwas besseres einfallen." Hennings wischte mit der Hand über den Tisch. „Hier soll man einen vernünftigen Gedanken fassen? Lauter Krümel! Räumt mal jemand ein bißchen auf hier." Meike Müller-Fehrenbachs Gesicht hatte einen katzenartigen Ausdruck angenommen. Alphons Säger versuchte den Streit zu schlichten. „Aber, aber, meine Herrschaften. Reißen Sie sich doch zusammen. Natürlich – das Warten zehrt an den Nerven." Er wandte sich an Frau von Gumpen. „Und Sie sitzen in der Ecke und amüsieren sich." „Es ist auch sehr unterhaltsam, ich will's nicht bestreiten", entgegnete diese gelassen, „aber Sie haben recht. Es hat keinen Sinn, sich hier gegenseitig anzufauchen. Wir müssen uns die Zeit vertreiben." „Werden Sie deutlicher. Mir ist nicht zum Spaßen." „Mir kam eine Idee, als Sie gestern, meine Herren, so trefflich Ihre Führungsqualitäten beschrieben haben. Sie erinnern sich?" „Dunkel ..." „Mit solchen Persönlichkeiten muß eine Situation wie die unsere doch zu meistern sein, dachte ich mir. Freilich, man muß Ihnen auch die Möglichkeit bieten, Ihre Talente zu beweisen." "Deutlich wie das Orakel von Delphi," murmelte Säger, „ich verstehe kein Wort." „Also im Klartext", fuhr die alte Dame fort, „wir werden in dieser unangenehmen Situation nur zurechtkommen, wenn wir uns einer straffen Leitung unterwerfen. Einem von uns muß die Kommandogewalt übertragen werden. Die anderen müssen gehorchen." „Und wer soll das Sagen haben? Sie etwa?" „Aber wo denken Sie hin. Natürlich legen wir unser Geschick nur in die Hände des Fähigsten. Wir wählen einen Präsidenten." „Einen Präsidenten?" Jetzt wurde auch Friedrich Hennings aufmerksam. „Ja, einen Interimspräsidenten für die Zeit unseres erzwungenen Aufenthaltes. Mit diktatorischen Vollmachten." „Das ist gegen jedes basisdemokratische Staatsbewußtsein", protestierte Meike Müller-Fehrenbach, „ich bin für ein Sprecherkollektiv." „Das wäre der sichere Untergang. Immerhin ist der Notstand ausgerufen. Aber Sie können für Ihre Vorstellung ja im Wahlkampf werben. Außerdem werden Sie noch ein Späßchen verstehen." „Wahlkampf?" „Natürlich, Wahlkampf. Vermutlich wird es mehrere Bewerber um den Posten des Interimspräsidenten geben. Da ist ein Wahlkampf unausweichlich." „Gar nicht so übel, die Idee. Auf diese Weise bleiben wir in Form und üben uns im Argumentationstraining." Während der Minister allmählich Gefallen an dem Vorschlag fand, war Säger noch nicht recht begeistert. „Na, ich weiß nicht. Aber zum Totschlagen der Zeit …" „Dann nicht lange gefackelt!". Viktoria von Gumpen klatschte in die Hände und nahm das Heft in die Hand. „Wer stellt sich als Kandidat zur Verfügung? … Na, nur nicht so zögerlich! Ich appelliere an ihr Verantwortungsgefühl." Minister Friedrich Hennings räusperte sich. „Also, wenn Sie mich so direkt an der Ehre packen. Ich kandidiere. Man darf sich dem Rufe des Volkes in solch schwerer Stunde nicht entziehen. Es wird ein Spaß werden." „Bravo. Das nenne ich Gemeinschaftsgeist. Weitere Meldungen?" „Ich stelle mich ebenfalls zur Verfügung", sagte Alphons Säger, „wenn es schon im nächsten Jahr keinen wirklichen Wahlkampf mehr geben soll, dann mag dies hier als Ausgleich gelten." „Ein interessanter Aspekt. Liebe Müller-Fehrenbach, wie steht es mit Ihnen?" „Ich finde das Ganze ja reichlich lächerlich, aber wenn Sie Ihre Freude daran haben, bitte. Daß es hinterher nicht wieder heißt, die Frauen drücken sich um die Last der Verantwortung." Hennings blickte auf die Verlegerin. „Was ist mit Ihnen selbst, Frau von Gumpen? Reizt es Sie nicht, einmal Ihre sprichwörtliche Neutralität aufzugeben und Farbe zu bekennen?" „Ich fungiere als Wahlleiterin, wenn es recht ist. Aber Carlo käme noch in Frage. Was ist, keine Lust, Präsident zu sein?" „Nicht die geringste!"

„Gut, dann wären wir vollständig. Carlo und ich repräsentieren das Volk. Wählen darf natürlich jeder. Der Schlagabtausch kann beginnen. Ich darf um Ihr Plädoyer bitten, Herr Minister." Hennings stellte sich auf einen Stuhl und begann seine Rede an das Publikum: „Freunde! Leidensgenossen! Wähler! Jener Zufall, der uns so jäh zusammengeführt hat, fordert unbarmherzig unser Handeln heraus. Es muß sich erweisen, ob wir in der Lage sind, unserem Schicksal mutig entgegenzutreten, es zu formen und zu gestalten – oder ob wir gelähmt vor Entsetzen unseren eigenen Untergang herbeiführen. In dieser Stunde gilt es nicht zu beschönigen, leisezutreten oder gar jemandem Honig um's Maul zu schmieren! Es ist nicht die Zeit für feinsinnige Dispute oder fruchtlose Grundsatzdebatten. Die Situation erfordert das Handeln eines Mannes, der es gewohnt ist, klare Anweisungen zu geben. Die Situation erfordert einen Präsidenten Friedrich Hennings! Schauen Sie sich doch um! Wer von meinen werten Konkurrenten hat denn nur die leiseste Ahnung von Führungskraft und Krisenmanagement? Unser lieber Alphons Säger vielleicht, dieser bedauernswerte Mensch? Ausgeschlossen! Verschlissen durch jahrelanges Sitzen auf harten Oppositionbanken, ausgemergelt durch fruchtlose Interpellationen, große und kleine Anfragen, lächerliche Protestnoten beim Ältestenrat.

Das ist sein Niveau! Ein Bild des Jammers!" Alphons Säger war aufgesprungen. „Frau Wahlleiterin, muß ich mir diesen Unsinn bieten lassen?" „Nur die Ruhe, es ist doch bloß ein Spiel!" „Ein schönes Spiel." „Bitte, Herr Hennings, fahren Sie fort." Dieser nickte feierlich und fuhr fort: „Oder, liebe Wählerinnen und Wähler, wollen Sie vielleicht unserer Kollegin Müller-Fehrenbach die Kommandogewalt übergeben? Ich gebe zu – sie ist persönlich nicht unsympathisch – aber so naiv und unerfahren, wie wir sie vor uns sehen, ist sie den nervlichen Strapazen eines solchen Amtes niemals gewachsen. Ihre politische Erfahrung beschränkt sich auf das Abfeuern pubertärer Zwischenrufe und das Falten von Papierflugzeugen im Parlament. Chancenlos – so lautet das Stigma, das auf ihrer Stirn brennt." Meike Müller-Fehrenbach blickte zur hölzernen Hüttendecke. „Der hat ja 'ne Meise." „Eine Stirn", fuhr Hennings fort, „die vermutlich immer noch umwölkt ist von jenem peinlichen Alkoholexzeß, den wir alle miterlebt haben, und der sie etliche Stimmen gekostet haben dürfte. Alles in allem. Nur ein Präsident Hennings wird in der Lage sein, unter diesen Umständen für geordnete Verhältnisse zu sorgen. Legen Sie Ihr Geschick vertrauensvoll in meine Hände, wählen Sie Friedrich Hennings!" Mit diesen Worten und unter dünnem Beifall von Carlo stieg Hennings vom Stuhl.

Viktoria von Gumpen nickt ihm zu. „Ich danke Ihnen für Ihren Beitrag. Herr Säger, darf ich Sie jetzt bitten." „Sehr verehrte Damen und Herren, es erübrigt sich, auf die unqualifizierten Angriffe meines Vorredners einzugehen. Das Wahlergebnis selbst wird ihn in die Schranken weisen. Ihre Wahlrede, Herr Minister, beweist zur Genüge, daß Sie über keinerlei Konzepte verfügen, unsere gegenwärtige Krise zu meistern. Sie stehen den drohenden Gefahren hilflos gegenüber. Mit einem Präsidenten Säger dagegen – das versichere ich Ihnen – wird es in kürzester Zeit bergab ... äh ... zu Tal gehen." „Hört, hört!" „Eine vorausschauende politische Führung hätte dafür Sorge zu tragen, daß schwerwiegende Zwischenfälle wie dieser überhaupt nicht vorkommen können. Lassen Sie mich darauf hinweisen, daß die Opposition seit jeher die Meinung vertreten hat, wichtige politische Gespräche nicht auf Berghütten und an ähnlich gefährdeten Orten durchzuführen, und gerade deshalb..." Meike Müller-Fehrenbach hielt es nicht mehr auf ihrem Stuhl. „Also, das ist doch die Höhe. Sie sind doch auf diese abenteuerliche Idee mit der Hütte gekommen! Sie haben uns hineingerissen!" „... und gerade deshalb sollten wir uns nicht von den Problemen der Vergangenheit gefangennehmen lassen, sondern unseren Blick nach vorne richten, in die Zukunft. Eine Zukunft, die nur mit unver-

brauchten Kräften zu meistern sein wird. Ich danke Ihnen!" Säger stieg vom Stuhl. Carlo klatschte. „Nun Sie, Frau Müller-Fehrenbach." „Frau Wahlleiterin, ich habe mich entschlossen, auf eine Wahlrede zu verzichten. Ich möchte mich damit unmißverständlich von den Beiträgen meiner beiden Vorredner distanzieren, deren demagogischer Grundtenor ..." „Zur Sache, Schätzchen!" zischelte Alphons Säger. „... deren demagogischer Grundtenor in eindeutiger Weise beweist, wie unfähig diese beiden Herren sind, eine Präsidentschaft zu übernehmen."
„Unerhört." Die beiden Herren blickten einander indigniert an. „Welch ein Ton. Würdelos."
„Der bisherige Verlauf des Wahlkampfes hat wieder einmal bestätigt, daß die Übernahme von patriarchalischen Gedankenmustern ..." „Aufhören! Aufhören!" „Wir wollen keine Vorlesung! Wir wollen Spaß!" „... zu einer existentiellen ..." „Aufhören. Schluß der Debatte!"
Die Verlegerin klopfte mit ihren dünnen Fingerknöcheln auf den Tisch. „Frau Kandidatin, Sie hören Volkes Meinung. Geben Sie bitte das Podium frei." „Aber ich ..."
„Ich gebe hiermit dem Antrag auf Debattenschluß statt. Wir schreiten zu Wahl."
Sie teilte Zettel und Stifte aus, die fünf Wähler kritzelten hastig darauf und warfen die Zettel in einen Hut. „Also, ich

komme zur Bekanntgabe des Wahlergebnisses. Abgegeben wurden fünf Stimmzettel, davon waren vier gültig. Auf dem fünften Zettel fand sich ein obszöner Ausdruck, der sich offenbar auf den Charakter der Kandidaten bezog. Ein Ausdruck ..."

„Unverschämtheit", fand Friedrich Hennings, „und das unter mündigen Bürgern!"

„... den ich mit Ihrer gütigen Zustimmung lieber nicht zur Kenntnis geben möchte. Wir haben es demnach also mit vier gültigen Stimmen zu tun. Auf den Kandidaten eins, unseren lieben Friedrich Hennings, entfiel eine Stimme."

„Seine eigene!" frotzelte Säger höhnisch.

„Ich verbitte mir diese Unterstellung!" „Bitte Ruhe während der offiziellen Bekanntgabe des Wahlergebnisses. Auf die Kandidatin drei, unsere liebe Meike Müller-Fehrenbach, entfiel ebenfalls eine Stimme. Auf Herrn Alphons Säger, den Kandidaten Numero zwei, entfielen zwei Stimmen. Sie sind somit zum Interimspräsidenten bis zu unserem Abflug gewählt. Ich darf Sie fragen: Nehmen Sie die Wahl an?" Alphons Säger erhob sich und rückte die Krawatte zurecht. „Ich nehme die Wahl an und möchte die Gelegenheit nicht verstreichen lassen, Ihnen, liebe Wählerinnen und Wähler, den Grad meiner Rührung über dieses grandiose Abschneiden mitzuteilen. Des weiteren darf ich allen meinen Freundinnen und Freunden draußen im Land danken, deren unermüdlicher Einsatz dieses Ergebnis erst ermöglicht hat. Lassen Sie mich darüber hinaus ..."

5.
Am Morgen des nächsten Tages wurde die Runde vor dem kargen Frühstückstisch von Alphons Säger überrascht, der tadellos gekleidet war und feierlich in dem kleinen Raum auf und ab marschierte. Nach einigen schweigsamen Minuten räusperte er sich und ergriff das Wort. In seiner Stimme lag etwas Ungewohntes, Fremdes. „Mitbürger und Mitbürgerinnen! Da heute bereits der dritte Tag unseres erzwungenen Aufenthaltes anbricht, und ein Ende nicht absehbar ist, müssen zum Schutz unseres Überlebens besondere Maßnahmen getroffen werden. Kraft meines Amtes als gewählter Präsident mit Sondervollmachten lege ich Wert darauf, daß allen meinen Anweisungen Folge geleistet wird. Konversation und Teamgeist sind gut, aber jetzt geht es um handfeste Entscheidungen. Das verstehen Sie doch sicher."

Meike Müller-Fehrenbach knabberte weiter an einem Keks und kicherte: „Er macht sich gut. Richtig echt." „Als dringlichste Maßnahme in dieser Notsituation", fuhr Säger unbeirrt fort, „sehe ich die Aufrechterhaltung der Lebensmittelversorgung. Zuallererst wird also das Essen rationiert. Zwei dünne Scheiben Salami pro Person und Tag. Dem Präsidenten stehen natürlich zwei zusätzliche Scheiben für allgemeine Staatsaufgaben zu." „Ungerechtigkeit!" murmelte Minister Hennings ungehalten, „Da hört der Spaß auf." Säger blickte ihn scharf an. „Die Anweisungen des Präsidenten bedürfen keiner Kommentierung, Herr Hennings. Ich muß Sie doch sehr bitten. Jetzt zu den Arbeitsanweisungen des Tages. Zum ersten erkläre ich das Nebenzimmer zum Hauptquartier des Präsidenten. Die bisherige Nutzung entfällt ab sofort. Frau Müller-Fehrenbach, würden Sie bitte Ihr Zimmer räumen, die Betten machen und lüften!" Die junge Frau war sichtlich irritiert. „Ich denke nicht daran. Was sagen Sie dazu, Frau von Gumpen?" „Nun verderben Sie doch nicht den Spaß, Kindchen. Wo er sich doch solche Mühe gibt." Meike Müller-Fehrenbach zuckte mit den Schultern, stand auf und trottete davon. Säger nickte befriedigt. „Na also. Carlo, Sie bemühen sich weiterhin um den Helikopter. Frau von Gumpen, Sie übernehmen die Verantwortung für die Sauberkeit der Hütte. Sauberkeit ist der Grundstein für die Aufrechterhaltung der Moral. Besen und Putzlappen sind im Spind." „Sehr wohl, Herr Präsident." „Hennings,

Sie sind zuständig für die Beschaffung von Heizmaterial. Wir müssen den Ofen heizen und Schnee auftauen. Die Axt steht vor der Türe." „Auf keinen Fall!" entgegnete dieser entrüstet, „Ich habe nur dünne Schuhe. Es stürmt und schneit. Carlo ist besser ausgerüstet. Er soll das Holz holen." Sägers Miene wurde eiskalt. „Ich sehe, daß sich einzelne Mitglieder unserer Gemeinschaft nicht den Spielregeln der Demokratie unterwerfen, sondern völlig unangebracht auf früheren Privilegien beharren wollen. Das ist unsolidarisch, Herr Henning. Ausgesprochen unsolidarisch. Sehen Sie, wir alle plagen uns ab, um unsere kritische Situation zu meistern, und Sie …?" „Was erlauben Sie sich? Sie können doch nicht einfach …" „Was kann ich nicht einfach? Wollen Sie etwa in Frage stellen, daß das Überleben einer sozialen Gruppe abhängig ist von der Ausübung einer legitimierten Herrschaft? Eine Macht, die die Pflicht hat, ihren Willen auch gegenüber Widerstrebenden mittels Sanktionen durchzusetzen? Auch gegenüber Widerstrebenden wie Ihnen, Herr Hennings. Ihren Max Weber wohl nicht ordentlich gelesen, Herr Minister, was? Ich muß mich doch sehr wundern. Als demokratisch legitimierter Präsident bin ich nicht nur befugt, sondern gerade verpflichtet, jeden einzelnen an die Erfüllung seiner bürgerlichen Aufgaben zu erinnern. Verpflichtet, hören Sie! Was ich tue, ist eine schwere Bürde, auch wenn ich autoritäres Verhalten in meinem Innersten ablehne, so bin ich doch an die Last der Verantwortung gebunden, die sie alle mir aufgebürdet haben. Eine Verantwortung, die ..." Hennings war verunsichert. Die Sache war ihm nicht mehr geheuer. „Jetzt drücken Sie doch nicht so auf die Tränendrüse. Ich gehe ja schon. Wo, sagten Sie, steht die Axt?" „So ist's recht", lenkte jetzt auch Alphons Säger ein, „nur nicht aus der Rolle fallen. Immer schön am Text entlang. Ich wußte doch, daß Sie sich dem Allgemeinwohl nicht verschließen werden. Ein Mann Ihres Formates! Also dann – Pflichterfüllung im Dienst des Überlebens."

6.
Es war wieder Nacht geworden. Im Halbdunkel lagen Hennings und Müller-Fehrenbach auf den harten Hüttenbänken. Beide schienen zu schlafen. Nach einiger Zeit aber hob Hennings vorsichtig den Kopf und blinzelte in Richtung Meike Müller-Fehrenbach. „Pst ..."

Die junge Frau schien nicht zu hören. „He, pst, Hallo ..." Jetzt schien sie sich unmerklich zu bewegen. „Was ist?" kam ein zaghaftes Flüstern. „Was wollen Sie?" „Schlafen

Sie schon?" „Nein, natürlich nicht. Aber, seien Sie doch still. Wir haben doch Sprechverbot in der Nacht."

„Finden Sie nicht auch, daß er manchmal etwas übertreibt?" „Na ja, schon. Er spielt seine Rolle eben sehr gewissenhaft. Sie ist ihm wie auf den Leib geschneidert." „Gewissenhaft ist gut. Er tut ja gerade so, als ob es ihm ernst wäre damit." „Das gehört zu einem guten Theater. Aber ich fürchte, er kann Fiktion und Wirklichkeit nicht mehr unterscheiden." „Also, wie immer das nun sei, ich denke, wir sollten den guten Säger von seinem Psychotrip wieder auf den Boden der harten Realität zurückholen." „Zurückholen? Wie wollen Sie denn das anstellen?" Hennings rückte ein wenig auf Meike Müller-Fehrenbach zu und flüsterte geheimnisvoll: „Ich hab' da eine Idee." „Eine Idee?" „Ja. Wir treiben den Quatsch auf die Spitze, indem wir ernsthaft mitspielen." „Aber das tun wir doch jetzt schon." „Ja, aber nur passiv. Jetzt drehen wir den Spieß um. Wir nehmen die Sache in die Hand. Wir planen einen Putsch!" „Einen Putsch? Wie stellen Sie sich das vor? Der Präsident ..." Hennings stand auf und gab sich die Pose des Verschwörers. „Präsident, Präsident ... Ein dahergelaufener Usurpator, ein Parvenu, ein mieser Putschist!" „Aber sprechen Sie doch leise." Müller-Fehrenbach war unschlüssig.

„Mir scheint, daß die Verschwörer-Natur eher Ihre zweite Haut ist. Aber angenommen, ich spielte mit. Einen Präsidenten kann man nicht so leicht absetzen. Immerhin ist er demokratisch gewählt." „Ein Wolf im Schafspelz. Entpuppt sich zunehmend als Diktator. Zugegeben – er hatte zwei Stimmen." „Meine nicht." „Meine auch nicht. Ich habe mich tatsächlich selber gewählt. Da weiß man wenigstens, woran man ist." „Er hat also nur einen Parteigänger mehr. Das wird ihn nicht beruhigen." „Vielleicht sollten wir ihn im Schlaf beseitigen?" „Carlo schläft in seinem Zimmer. Er geht keinen Schritt mehr ohne ihn." „Dumm." „Die einzige Möglichkeit ist: Wir müssen die beiden anderen auf unsere Seite ziehen. Dann können wir ihn stürzen." „Frau von Gumpen hat sich mit der Situation arrangiert. Sie hält sich bedeckt." „Wenn sie merkt, daß sich das Blatt wendet, wird sie die Seite wechseln." „Aber Carlo hält fest zum Präsidenten." „Weil er bestochen ist. Er bekommt vier Scheiben Salami täglich. Ich hab's gehört." „Die müssen wir überbieten. Wenn er von uns sechs bekommt, ist er unser Mann."

„Dann bleibt uns ja kaum mehr was." „Was sind Sie für eine Revolutionärin? Wegen einer Scheibe Salami die Rebellion abblasen?" „Gut. Ich bin richtig aufgeregt. Wann wollen Sie zuschlagen?" „Es ist noch zu früh dafür. Wir müssen erst das Terrain vorbereiten. Untergrundarbeit. Psychologische Kriegsführung." „An was denken Sie?" „Wir verbreiten anonyme Flugblätter mit der Aufschrift „Nieder mit dem Säger". Das verunsichert ihn und stärkt den Widerstand. Außerdem verüben wir terroristische Anschläge. Wir stehlen die Salami, zum Beispiel. Das wird die Lage zum Eskalieren und Säger zur Vernunft bringen." „Raffiniert. Man erkennt den erfahrenen Politiker." „Danke. Ein Lob von Ihrer Seite wiegt doppelt." „Ehre, wem Ehre gebührt." „Sie helfen mir beim Schreiben der Flugblätter?" „Natürlich. Haben Sie Papier?" „Ja, meinen Notizblock. Aber Ruhe jetzt, ich höre, daß Carlo zu seinem stündlichen Patrouillengang aufsteht ..."

Tatsächlich dauerte es nicht lange, bis die schlacksige Figur Carlos in den Raum schlich, sich prüfend umblickte, mit seiner Taschenlampe den beiden vermeintlich Schlafenden ins Gesicht leuchtete und schließlich kopfschüttelnd murmelte: „Ein wenig verrückt sind sie alle, diese hohen Tiere! Man sollte das mal alles aufschreiben, wirklich, aufschreiben und an eine Zeitung verkaufen sollte man das alles ..."

7.

Alle standen sie in einer Reihe. Durch das Fenster drang fahles, vom heftigen Schneefall getrübtes Morgenlicht. Alphons Säger ging lange und schweigend auf und ab, dann sprach er mit leiser Stimme. „Man möchte meinen, daß eine Lage wie die unsere – völlig abgeschnitten von der Außenwelt, isoliert von jedem gesellschaftlichen Handeln – uns verwiesen hat auf den Einsatz eines jeden einzelnen, nicht ohne Wirkung hätte bleiben dürfen. Man möchte meinen, so etwas schweißt zusammen, stählt den Teamgeist, vereint die Kräfte, die im Handeln des Oberhauptes erst schlagkräftig zur Geltung kommen. Man möchte meinen, da wüßte jeder, worauf es ankommt. Stellte seine eigenen egoistischen Bedürfnisse und Ansprüche zurück. Ordnete sich dem Gemeinwohl unter, von dem allein er das Überleben erhoffen darf ... Möchte man meinen ... Aber kann man es erwarten?" Er blickte jedem einzelnen in die Augen. „Nein. Man kann es nicht! Die Realität selbst ist es, die einem immer wieder am Innersten des Menschen verzweifeln läßt. Da opfert man selbstlos die eigenen Interessen, stellt sich für ein Amt zur Verfügung, dessen hohe Verantwortung einem Schlaf und Nerven raubt – und was ist der Dank?" Mit eisiger Miene zog er ein Flugblatt hervor und hob es den anderen vor die Nase. „Sie kennen das? Keine Reaktion? Betretenes Schweigen? Zweifelsohne kennen Sie das. Alle hier in diesem Raum kennen das. Herhören. Der oder die Täter erhalten eine letzte Chance. Bekennen Sie sich freiwillig zu Ihrer Untat. Es wird das Gericht milde stimmen ..." Die drei Männer und zwei Frauen standen stocksteif da und zeigten keine Reaktion. „Schön. Wie Sie wollen", fuhr Säger fort, „wie sollte man diesen letzten Funken Anstand auch erwarten von heimtückischen Volksverhetzern. Keine Courage, wenn's ernst wird ... Hennings und Müller-Fehrenbach – vortreten!" Die beiden blicken sich an und treten zögernd vor. „Na, da staunen Sie! Das haben Sie nicht erwartet? Haben unsere Gemeinschaft hier wohl für einen verlausten, maroden, kraftlosen Haufen gehalten, den man gefahrlos unterwandern kann. Was? Haben geglaubt, den Alten da an der Spitze kann man ohne weiteres vom Sockel stürzen? Ein Irrtum. Ein verhängnisvoller Irrtum, wie sich für Sie noch herausstellen wird." Hennings räusperte sich und fragte unsicher: „Woher wissen Sie ..."

„Garantiert hat er Wanzen installiert", ergänzte Meike Müller-Fehrenbach bissig. „Das war nicht nötig. Das gesunde Volksempfinden selbst hat sich gegen Sie gewendet." „Das Volksempfinden?" „Ja. Unsere mündigen Bürger haben sich nicht umgarnen lassen." „Wer hat uns verpfiffen?"

Säger kostete seinen Triumph aus und grinste breit. „Wir sind Ihnen zwar nicht auskunftspflichtig, aber warum sollte man die Geistesgegenwart eines Mitgliedes unserer Gemeinschaft nicht würdigen? Frau Baronin von Gumpen hat zufällig Ihre konspirativen Gespräche mitgehört und den zuständigen Staatsorganen Bericht erstattet." „Sie?" „Denunziantin!" Baronin von Gumpen zuckte gelangweilt mit den Schultern.

„Er hat mehr bezahlt. Fünf Scheiben Salami extra und keine körperliche Arbeit mehr."

Meike Müller-Fehrenbach war ehrlich empört. „Das ist Bestechung." „Richtig erkannt, mein Kind. Und zwar im ausreichenden Maße. Die drei Scheiben, Hennings, die Sie mir geboten haben, waren da leider zu wenig! Wenn man selbst an die Macht kommen will, sollte man in entscheidenden Momenten nicht zu knausrig sein." Müller-Fehrenbach blickte den Minister mit großen Augen an. „Selbst an die Macht? Soll das heißen, Sie wollten selbst …?"

Hennings wendete sich stumm ab. Plötzlich lachte Baronin von Gumpen hell auf.

„Also, Kinder! Rührend, diese gespielte Naivität. Soviel schauspielerisches Talent hätte ich Ihnen allen gar nicht zugetraut. Wenn wir wieder zuhause sind, sollten wir uns öfters zu einem Sketch-Abend treffen. Das wäre köstlich." Friedrich Hennings stutzte und stimmte dann befreit zu: „Eine hervorragende Idee! Ich stelle meinen Salon zur Verfügung. Wir müssen Publikum dazu einladen." „Irgendwie ist mir das alles nicht mehr geheuer", murmelte Müller-Fehrenbach, „diese Eigendynamik des Spiels ..." „Jetzt verderben Sie uns doch nicht den Spaß. Ihre Rolle! Konzentration!" „Ich glaube, mir fehlt der rechte Sinn für diese Art von Humor. Ich würde mich gerne ein wenig zurückziehen." „Na gut, wenn Sie unbedingt wollen. Und noch einmal meine Anerkennung für Ihre schauspielerische Leistung! Legen Sie sich doch ein Stündchen ..." Ihr Satz wurde jäh unterbrochen von der scharfen Stimme Alphons Sägers: „Halt. Da wäre noch etwas." Alle hielten inne. Ihr Lachen erstarrte langsam. „Herr Säger ...?"

„Carlo hat mir berichtet, daß unser gesamter Lebensmittelvorrat – sprich: unsere Salami – verschwunden ist. Nach Lage der Dinge muß ich davon ausgehen, daß die Meuterer auch hinter diesem Verbrechen stecken." Zu Hennings gewandt: „Wollen Sie das leugnen?" „Mann, Säger! Schön langsam wird sie langweilig, diese Räuberklamotte. Wir sollten zum Ende kommen."

„Wir werden zum Ende kommen! Wollen Sie uns allen ersparen, daß ich Sie und Ihre Kumpanin von Carlo durchsuchen lasse. Her mit der Wurst!" Hennings schnaufte verächtlich, zog die Wurst aus der Jackentasche und drückte sie Säger in die Hand." Müller-Fehrenbach war unruhig geworden. „Aber das war doch nicht ernst gemeint. Das sollte doch nur …"

„Mitgefangen, mitgehangen. Auch Naivität ist strafbar. Wir kommen zur Festsetzung des Strafmaßes." Jetzt war auch Hennings verunsichert. „Dazu haben Sie keine Befugnis. Wir haben keine unabhängige Gerichtsbarkeit." „Die Situation rechtfertigt ein Schnellgericht. Ich nehme die Frau Baronin und Carlo zu Beisitzern." „Dann begnadigen Sie uns. Seien Sie Staatsmann." „Gnadengesuch abgelehnt. Sie können nicht erwarten, daß eine Gemeinschaft weiterhin Schutz und Nahrung jenen gewähren kann, die sie zerstören wollen. Das Urteil: Sie werden auf der Stelle die Hütte verlassen!" Müller-Fehrenbach wurde blaß. „Die Hütte verlassen? Wie soll ich das verstehen? Sie wollen uns so richtig hinauswerfen?"

„Sie haben das Urteil gehört." „Unmöglich", sagte Meike Müller-Fehrenbach weinerlich, „Das ist ja lebensgefährlich." Hennings trat einen Schritt vor. „Jetzt wird mir der Quatsch aber zu bunt! Spielen Sie Ihr verfluchtes Theater doch alleine weiter. Ein Kindergarten hier. Können Sie Phantasie und Wirklichkeit nicht mehr unterscheiden, Sie Polit-Neurotiker? Ich steige aus!" „Ich fürchte, Sie können nicht mehr aussteigen," flüsterte Baronin von Gumpen leise.

„Sie haben Ihr Leben selbst verwirkt. Gibt es Einsprüche der Beisitzer?" Die beiden Beisitzer blieben stumm. Säger lächelte befriedigt. „Na, sehen Sie. Es hat alles seine Ordnung. Wir sind doch keine Unmenschen. Aber Ordnung muß sein. Beugen Sie sich der Gerechtigkeit." Friedrich Hennings geriet in immer größere Erregung. „Also, Sie sind ja komplett verrückt geworden. Was fällt Ihnen überhaupt ein? Sie sind ja dem Machtrausch verfallen. Es war doch nur ein Spiel! Ein Spaß zum Totschlagen der Zeit!" „Sie haben den Spaß untergraben. Sie haben sich nicht an die Spielregeln gehalten. Sie haben unser Zusammenleben hier massiv gefährdet. Lebensmitteldiebstahl! Darauf gibt es nur eine Antwort: Ausstoßung aus der bürgerlichen Gemeinschaft." Er trat einen Schritt auf Carlo zu. „Carlo, ich ernenne Sie hiermit zum Chef der Exekutive. Sie bekommen zwei Scheiben Salami pro Tag extra und sind zukünftig natürlich von allen niederen Diensten befreit. Walten Sie Ihres Amtes und werfen Sie die beiden hinaus!" Carlo nickte, nahm zwei Mäntel vom Haken und warf sie Hennings und Müller-Fehrenbach zu. Säger und die Baronin blickten zur Seite. Mit steifen Bewegungen, als befänden sie sich in einem Traum, zogen die beiden die Mäntel an – da klopfte es heftig an die Türe! Alles schreckte zusammen. Hennings ließ seinen Aktenkoffer fallen. Keiner rührte sich. Alle starrten zur Türe. Es klopfte wieder, heftiger. Langsam öffnete sich die Türe ...

8.
In dem sich vergrößernden Türspalt tauchte der Kopf eines bärtigen Mannes auf. Er blickte sich um, dann trat er ganz ein. Er machte einen verwilderten Eindruck und trug eine dunkle Schneebrille, Bergschuhe, dicke Kleidung, eine Fellmütze, Rucksack und Pickel. „Hallo, ist hier jemand?" Seine Frage erhielt keine Antwort. „Hallo, ich sehe doch Umrisse, ist hier jemand ..." Säger fand als erster die Fassung wieder, räusperte sich und sagte: „Äh, das ist keine öffentliche Hütte, guter Mann, eine geschlossene Gesellschaft gewissermaßen." Ein Lächeln huschte über das

verwitterte Gesicht des Fremden. „Ah, endlich wieder ein menschliches Wesen. Ich dachte schon, meine Sinne hätten mir wieder einen Streich gespielt. Darf ich hereinkommen?" Ohne eine Antwort abzuwarten, legte er geräuschvoll seinen Rucksack ab, tastete sich mühsam voran und setzte sich stöhnend auf einen Stuhl. „Ah, tut das gut! Auf einem richtigen Stuhl sitzen. Wärme spüren. Den Geruch von Menschen riechen. Wenn man einen Schnaps haben könnte?" Hennings reichte ihm die Flasche. „Viel ist es nicht mehr ..." „Genügt, genügt. Man wird genügsam ..." Säger musterte ihn scharf. „Jetzt sagen Sie doch um Gottes Willen, guter Mann, wo kommen Sie denn her bei diesem Wetter?„ „Ich? Ich wohne hier in der Gegend." „Sie wohnen hier?" „Ja, die Bergwelt ist mein Zuhause geworden. Ich habe mich von aller Zivilisation verabschiedet." Auch Meike Müller-Fehrenbach fand die Sprache wieder. „Ein richtiger Aussteiger?" Der Fremde drehte sich überrascht um. „Oh, ein weibliches Wesen. Wie lange nicht mehr gehört! Sie müssen entschuldigen, meine Dame, aber wegen meiner Schneeblindheit kann ich kaum etwas erkennen." Friedrich Hennings war erstaunt. „Sie wollen doch nicht sagen, daß Sie hier in dieser Wildnis einsam und allein wie ein Eremit hausen und Wurzeln essen?" „Wurzeln auch, vor allem aber Flechten, Moos, Beeren.

Hin und wieder eine Eidechse oder ein paar Vogeleier." "Erstaunlich. Und davon wird man satt?" "Im großen und ganzen, ja. Nur dieser Wintereinbruch macht mir zu schaffen. Es hat meine Höhle zugeschneit. Außerdem bin ich schneeblind geworden. Das ist mir noch nie passiert." "Sie müssen zu einem Arzt." "Ich war lange nicht im Tal. Hin und wieder gehe ich hinunter, lasse mich von einem Freund mit dem Nötigsten versorgen, und nach einigen Stunden bin ich wieder verschwunden. Man verlernt den Umgang mit den Menschen. Sie gehen schnell auf die Nerven." "Kann ich verstehen", meinte Meike Müller-Fehrenbach, "und wie lange treiben Sie das schon?" "Na, so einige Jahre werden es schon sein. Man verliert den Überblick." "Ein Überlebenskünstler. Finde ich ja irre aufregend." "Aufregend gerade nicht. Eher eintönig. Gemsen, Bergdohlen und viel, viel Steine ..." "Man müßte eine Story über Sie schreiben", mischte sich Baronin von Gumpen in das Gespräch ein, "ich werde bei Gelegenheit ein Team bei Ihnen vorbeischicken." "Oh, noch ein weibliches Wesen. Sehr erfreut. Aber was die Story betrifft – unterstehen Sie sich! Man wird mich nicht zu Gesicht kriegen. Aber sagen Sie, was treiben Sie eigentlich hier? Um diese Jahreszeit ist doch sonst niemand in dieser Hütte." Alphons Sager blickte die anderen streng an. "Wir?

Äh. Wir ..." Hennings kam ihm zuhilfe. „Wir feiern einen Geburtstag!" „Einen Geburtstag? Na, da gratuliere ich auch recht schön. Sie sind wohl mit diesem Ding da draußen gekommen ..." „Ja, leider, äh, ja ..." „Sonderbar. Ihre Stimmen kommen mir alle so bekannt vor." Friedrich Hennings schüttelte energisch den Kopf. „Bekannt? Ausgeschlossen! Wir haben uns noch nie gesehen." „Aber, wenn ich es sage. Ihre Stimmen. Ich habe sie irgendwie im Gedächtnis. Vielleicht komme ich noch darauf. Wenn ich nur besser sehen könnte. Diese Schneeblindheit ..." „Sie sind überanstrengt." „Fieberphantasien, Sinnestäuschungen!" stimmte ihm Säger zu. Der Fremde war nicht überzeugt. „Möglich. Aber vielleicht komme ich doch noch darauf." „Ein schöner Tag heute ..." versuchte Säger das Gesprächsthema zu wechseln.

„Ein höllischer Schneesturm." „Ein Naturbursche wie Sie läßt sich davon doch nicht unterkriegen. Beneidenswert!" „Es geht durch Mark und Bein. Man verliert jede Besinnung."

„Ja, ja, das Leben ..." Seit einigen Minuten war Friedrich Hennings schweigsam geworden. Stattdessen beobachtete er sorgfältig den Fremden. „Sonderbar", sagte er jetzt, „mir geht es wie Ihnen. Irgendwie kommen Sie mir bekannt vor! Der Fremde blickte weg. „Kommen Sie doch einmal ein wenig näher. Ihr Gesicht habe ich schon mal gesehen." „Das halte ich für ausgeschlossen." „Würde es Ihnen etwas ausmachen, kurz Ihre Schneebrille abzunehmen?"

„Das Licht blendet ..." „Nur für einen Moment!" Mit einem schnellen Ruck zog ihm Hennings die Brille herunter, zog ihn ans Fenster und betrachtete ihn von verschiedenen Seiten. „Ich habe Sie schon irgendwo gesehen. Ich traute mich wetten!" „Sie sagten doch eben ..."

„Papperlapapp. Seien Sie still. Ich muß nachdenken. Ihre Stimme ... Ha! Jetzt hab ich es! Sie sind doch ... warten Sie ... Ist denn das die Möglichkeit ... Sie sind doch Doktor Haubenthaler!" Alphons Säger starrte den Minister an. „Haubenthaler?" „Aber ja, wenn ich es Ihnen sage. Johannes Haubenthaler. Der Staatssekretär im Innenministerium, der vor fünf Jahren auf ungeklärte Weise verschwunden ist?" Säger pflichtete ihm bei. „Untergetaucht. Entführt. Ertrunken. Man hat nie Näheres erfahren. Eine mysteriöse Geschichte." Der Fremde, jetzt als Johannes Haubenthaler identifiziert, stöhnte resigniert: „Nicht einmal in der Einöde hat man seine Ruhe." „So eine Überraschung! Sie hier zu treffen!" „Woher kennen Sie mich. Wir haben uns also doch schon gesehen?" „Aber nein, nein," antwortete Hennings schnell, „Ihr Fall ging doch wie ein Lauffeuer durch die Presse. Wie sollte man sich nicht an Ihr Bild erinnern. Freilich heute so mit Bart und in dieser Aufmachung. Es hat ein wenig gedauert, aber mein Personengedächtnis ..." Müller-Fehrenbach konnte sich nicht erinnern. „Worum ging es denn damals?" Haubenthaler winkte ab. „Alte Kamellen, gnädige Frau." „Nur einige Hinweise." „Na schön, wenn Sie meinen. Eine Bestechungsgeschichte. Man behauptete, ich hätte Gelder von der Opposition angenommen. Natürlich nichts dran an der Sache. Erstunken und erlogen. Man wollte mich aus dem Weg haben. Ich war auf dem Sprung, Minister zu werden. Da hat man viele Feinde, klar. Ein gewisser Hennings hat dann später den Posten gekriegt. Friedrich Hennings. Kennen Sie ihn?" „Hennings? Nein, nie gehört. Ich interessiere mich nicht sehr für Politik. Verdirbt den Charakter." „Da haben Sie recht." Müller-Fehrenbach schüttelte verständnislos den Kopf. „Und die Opposition hat die Bestechung zugegeben, obwohl nichts an der Sache dran war?" „Ja, das war mir zunächst auch schleierhaft. Aber auch da mußte jemand seinen Hut nehmen wegen der Affäre. Ein neuer Mann rückte an die Spitze, ein gewisser Säger." Alphons Säger räuspert sich. Meike Müller-Fehrenbach sah ihn scharf an. „So, so, ein gewisser Säger!" „Aber das waren nur Begleiterscheinungen. Im Zentrum stand schon ich damals. Die Presse entfachte einen Riesenrummel. Die linke und die rechte. Eine wahre Hexenjagd ... Mir wird heute noch ganz schwindlig davon." „Ich erinnere mich", murmelte die Verlegerin Viktoria von Gumpen, „Eine gute Story, in der Tat."

„Zunächst wollte ich dagegen ankämpfen, denn ich war ja wirklich unschuldig. Die Anwälte kosteten ein Vermögen, aber eine Rehabilitation gelang ihnen nicht. Es gab zuviele Zeugen, die gegen mich aussagten." „Tja", meinte Hennings verlegen, „so hat jeder seine Sorgen."

„Dann meinte ich, am besten sei es, Gras über die Sache wachsen zu lassen. Aber auch das erwies sich als Trugschluß. Meine Frau ließ sich von mir scheiden. Meine Freunde redeten nicht mehr mit mir. Ich war völlig isoliert. Ich war am Ende." Meike Müller-Fehrenbach blickte ihn ungläubig an. „Und deswegen gingen Sie in die Berge?" „Es gab nur zwei Alternativen. Entweder die Kugel – oder ein neues Leben. Ich wählte das zweite. Wenn schon, denn schon, dachte ich mir. Wenn schon aussteigen, dann radikal.

Am Anfang war es hart, aber ich biß mich durch." „Zäh war er immer schon ...", flüsterte Säger Hennings ins Ohr und laut zu Haubenthaler: „Was haben Sie vor? Wie lange wollen Sie noch leben wie Robinson Crusoe?" „Ich weiß nicht. Vielleicht ein paar Jahre. Vielleicht für immer. Alt wird man ohnehin nicht dabei." „Nur Mut. Wie viele Menschen beneiden Sie um Ihre Freiheit."

„Wenn ich mich doch nur endlich entsinnen könnte, woran mich Ihre Stimmen erinnern! Diese verdammte Schneeblindheit." Hennings wurde sichtlich nervös. „Tja, nun", sagte er schnell, „Ihr Schicksal ist sehr interessant. Was haben Sie heute noch vor? Ein wenig den schönen Wintertag genießen? Ihr Besuch hat uns wirklich außerordentlich gefreut ..."

„Ich würde gerne hierbleiben. Zwei Tage Wärme und Schlaf, und ich bin wieder auf dem Damm." Hennings erbleichte. „Hierbleiben? Ausgeschlossen. Sie sehen doch, daß die Hütte bereits hoffnungslos überfüllt ist." Auch Alphons Säger stimmte ihm zu: „Das Boot ist voll."

„Ich bleibe auch im Heu." „Ausgeschlossen!" „Also ich weiß nicht", flüsterte Meike Müller-Fehrenbach zu

Alphons Säger. „Wir können ihn doch nicht einfach davonjagen." „Er hat jahrelang draußen gelebt." „Aber in seinem Zustand wird er erfrieren." „Er ist freiwillig in die Berge gegangen. Sie haben es gehört." „Trotzdem ..." Friedrich Hennings, dem die Sache immer weniger geheuer wurde, kam eine Idee. „Also wir müssen die Sache jetzt vom Tisch bekommen, Kinder. Für was haben wir einen gewählten Präsidenten? Er soll die Entscheidung treffen." Baronin von Gumpen stimmte zu: „Ein guter Vorschlag. Ein sehr guter Vorschlag." Säger war unbehaglich zumute. „Äh, das ist ja schön und recht. Natürlich liegt die letzte Verantwortung bei mir. Aber solch schwerwiegende Entscheidungen kann man doch gemeinsam ..." „Aber wo kämen wir denn hin, wenn Hinz und Kunz ...", unterbrach ihn Hennings, „Nein, mein Lieber. Allein in Ihre feinfühligen Hände haben wir unser Geschick gelegt." „Jetzt muß sich wahre Führungsstärke beweisen." Alphons Säger wurde von seinen Gefühlen hin- und hergerissen. „Es ist doch so, daß verschiedene Gesichtspunkte, ich meine, wir könnten doch noch ..." „Ja oder Nein!" „Also ich sehe mich außerstande ... Madame, was meinen Sie denn ?" Aber auch Frau von Gumpen hatte kein Erbarmen. „Wie Hennings schon sagte, Herr Präsident, Ja oder Nein." In diesem Moment zuckte Johannes Haubenthaler, der seltsame Fremde, sichtlich zusammen. „Hennings? Sagten Sie Hennings?"

Säger versuchte, ihn zu beschwichtigen. „Wer sagte Hennings? Niemand sagte Hennings!"

„Doch, Sie sagten ganz deutlich Hennings. Ich beginne mich zu erinnern ... Warten Sie ..."

Jetzt verlor Alphons Säger endgültig die Nerven und brüllte: „Halten Sie den Mund jetzt. Es ist völlig unerheblich, was hier gesagt wurde oder nicht. Die Würfel sind gefallen. Carlo – walten Sie Ihres Amtes und werfen Sie den Eindringling hinaus. Hinaus mit ihm, hinaus!"

9.
Wenig später saßen alle schweigend um den Tisch. Nur Säger ging nervös im Raum auf und ab. „Verschwunden ist er", murmelte Friedrich Hennings. „der Nebel hat ihn verschluckt."

Meike Müller-Fehrenbach nickte. „Eine sonderbare Begebenheit. Fast wie ein böser Traum."

„Ein schlechtes Omen zumindest. Man sollte das Schicksal nicht herausfordern." „Man hätte ihn nicht fortjagen dürfen." „Zweifelsohne. Aber unser Präsident wird wohl wissen, was gut für uns ist." Alphons Säger hielt inne und widersprach patzig: „Also, das ist doch die Höhe! Sie hat er doch als erstes wiedererkannt. Spielen Sie hier doch nicht den barmherzigen Samariter! Sie wollten doch, daß er verschwindet, Hennings." „Davon kann keine Rede sein. Ich hatte lediglich meine Bedenken angemeldet bezüglich der Zahl der Schlafplätze. Von Davonjagen habe ich nichts gesagt. Sie tragen die alleinige Verantwortung, Herr Präsident." „Ich ... ich verbitte mir ..." „Aber natürlich. Besondere Autorität hat besondere Verantwortlichkeit zur Folge. Ihren Max Weber wohl nicht gelesen, Herr Präsident? Ich muß mich doch sehr wundern." „Sie untergraben meine Autorität als ..." „Welche Autorität denn, Sie Staatsmann? Worauf stützen Sie denn Ihre vermeintliche Autorität? Auf Ihre fachliche Kompetenz? Auf Ihr persönliches Charisma? Auf eine bezahlte Stimme? Worauf denn?" Säger wollte aufbegehren, aber Hennings ließ ihn nicht zu Wort kommen. „Es hätte Mittel und Wege ... aber einfach davon jagen?" Müller-Fehrenbach setzte noch eines darauf. „Wenn Sie mich fragen, war das politischer Mord. Eiskalter politischer Mord!" „Eine etwas grobschlächtige juristische

Argumentation", erwiderte Hennings, „die aber in der Tendenz nicht ganz fehlgeht …"

Säger konnte es nicht fassen. „Ungeheuerlich. Frau Verlegerin, wir waren doch gemeinsam der Auffassung …" Veronika von Gumpen aber wandte sich ab. „Lassen Sie mich aus dem Spiel. Es war Ihre Entscheidung." Sägers Stimme wurde kleinlaut. „Eigentlich war es doch Carlo …" „Carlo hat nur ausgeführt, was Sie ihm befohlen haben. Ein bestochener Handlanger." Hennings rieb sich die Hände. „Wenn davon die Öffentlichkeit erfährt! Ihr politisches Ende, Herr Präsident. Ich sehe bereits die Schlagzeilen." „Malen Sie den Teufel nicht an die Wand", flüsterte Säger unsicher, „wer sollte die Öffentlichkeit darüber … Ich meine, wir sitzen doch alle im selben Boot, wie Sie früher bereits richtig bemerkt haben, Herr Minister." „Ja, aber nicht mehr lange. Da Sie die Kollegin Müller-Fehrenbach und meine Wenigkeit zum Verlassen der Hütte verurteilt haben, kann von einem gemeinsamen Boot wohl keine Rede mehr sein. Ich gebe ja zu, daß wir wenig Chancen haben, das rettende Tal zu erreichen. Aber wenn doch … dann werden wir den Behörden die Situation irgendwie erklären müssen. Nicht wahr, Frau Kollegin?" „Wir werden die Wahrheit in jedes Mikrophon brüllen, das uns hingehalten wird. Davon können Sie ausgehen!" „Aber, halt. So war das doch alles nicht gemeint. Wer redet denn vom Verlassen der Hütte? Das war doch bloß so dahingesagt. Eine Redewendung sozusagen …" „Es war eine förmliche Verurteilung. Nicht wahr, Frau von Gumpen?" „So ist es. Eine förmliche Verurteilung durch den Herrn Präsidenten." Hennings stellte klar und sachlich fest: „Die Rechtslage ist vollkommen klar. Wir wollten eben gehen, als unser ungebetener Besucher dazwischenplatzte. Übrigens – wo sind unsere Mäntel? Wir müssen uns jetzt wohl verabschieden." „Halt!" zischte Alphons Säger dazwischen, „Ich befehle Ihnen hierzubleiben. Sie sind … Sie sind begnadigt! Oder nein. Sie stehen unter Stubenarrest. Ich verbiete Ihnen beiden, die Hütte zu verlassen." „Also, wie jetzt? Sie können doch nicht rechtskräftige Urteile nach Belieben umschmeißen. Was macht das für einen Eindruck auf das Staatsvolk? Sie können doch jetzt nicht die Nerven verlieren!"

„Ich verliere nicht die Nerven," rief Säger mit hochrotem Kopf, „ich bin die Ruhe in Person!"

„Politischer Mord", zischelte Meike Müller-Fehrenbach giftig, „es war eiskalter, politischer Mord." Alphons Säger konnte nun seiner Erregung nicht mehr Einhalt gebieten, zerschmiß eine Porzellantasse am Boden und brüllte: „Ich lasse mir das nicht mehr länger bieten! Ich trete zurück! Und zwar sofort!"

10.
Nach dieser Eskalation, die mit dem offiziellen Rücktritt Alphons Sägers ihren Höhepunkt erreicht hatte, wurde das Thema Haubenthaler nicht mehr erwähnt. Man wandte sich wieder den alltäglichen Arbeiten zu, da der Schneefall nicht enden wollte. Nach einer Stunde saßen alle wieder in der Hütte verteilt und langweilten sich. Carlo schnitzte mit einem Messer an einem Stück Holz. „Fünf Tage!" stöhnte Hennings, „Die Ungewißheit bringt einen um den Verstand. Sie ist schlimmer als der Hunger." Alphons Säger nickte beifällig. „Wenn man wenigstens Nachrichten hören könnte." „Ein Hinweis darauf, daß daheim nicht alles drunter und drüber geht." „Ein Radio müßte man haben." Carlo schnitzte ungerührt weiter und nuschelte: „Haben wir doch. Sagte ich das nicht?" „Was? Was meinten Sie?" „Daß wir doch im Besitz eines Radiogerätes sind ..." „Welches Radio, Mann? So reden Sie doch." „Na, das Transistorradio im Helikopter. Es funktioniert noch. Dafür reichen die Akkus." „Mensch,

Carlo, Sie Esel, daß Sie das nicht gleich gesagt haben!" Hennings und Säger griffen gleichzeitig zu ihren Mänteln und wurden im letzten Moment von der Verlegerin zurückgehalten. „Wollen Sie sich den Tod holen?" rief sie, „Carlo soll hinausgehen." Hennings wollte sie abschütteln. „Aber ich muß aus erster Hand ..." „Wissen Sie denn, wie man das Ding bedient? Carlo wird allein gehen." „Wenn Sie partout meinen. Aber beeilen Sie sich." Während Carlo aus der Hütte verschwand, wanderte Hennings entnervt auf und ab. „Ich kann es kaum erwarten. Sie entschuldigen meine Ungeduld, aber das Chaos, das sich verbreitet, während wir hier untätig bleiben müssen, macht mich rasend. Wenn ich mir vorstelle, daß man bereits Tod und Teufel in Bewegung gesetzt hat, um mich zu suchen ..."

„Es wird Monate dauern, um all das wieder aufzuarbeiten, was jetzt liegenbleibt. Es geschieht ja nichts, wenn man nicht alles selber macht. Die Akten werden sich türmen ..." Schnaufend kam Carlo zurück. Alle bestürmten ihn gleichzeitig. „So reden Sie, Mann. Schonen Sie uns nicht. Wie groß ist der Grad der Verwirrung?" Carlo schwieg. „Welche Maßnahmen sind bereits eingeleitet?" fragte Säger flehentlich „Welche werden geplant?" Carlo schwieg.

„Nun lassen Sie sich doch nicht alles aus der Nase ziehen! Was hat man gesagt?" „Nichts."

„Was heißt nichts?" fragte Hennings verständnislos. „Nichts heißt: nichts. Keine Meldung über Sie, meine Herrschaften. Vulkanausbruch auf Sizilien, Rückgang der Börse, Bankenskandal in Japan ..." „Und sonst gar nichts? Das ist nicht möglich." „Der Wetterbericht, Herr Minister. Weiterhin Schneefall." „Eine verschlüsselte Nachricht vielleicht?" „Verschlüsselt ist gut. Schauen Sie aus dem Fenster." Hennings und Säger ließen sich auf die Bank fallen. Diese Prozedur wiederholte sich nun mehrfach. Immer wieder schickte man Carlo in den Helikopter, aber die Nachrichtensprecher schwiegen beharrlich über das Verschwinden der Spitzenpolitiker.

Hennings saß lethargisch auf dem Stuhl. „Zum sechstenmal also. Wieder nichts. Sagen Sie es ohne Rücksicht." „Doch", grinste Carlo, „dieses Mal ..." Alle sprangen auf. „Eine Kurzmeldung." „Heraus mit der Sprache." „Die Konservative Partei gibt den Namen des neuen Spitzenkandidaten bekannt. Ferdinand Pinkel." Es folgte ein Moment der Totenstille im Raum. „Ein neuer was?" „Ein neuer Spitzenkandidat. Minister Hennings habe aus Altersgründen zu seinen Gunsten auf die Kandidatur verzichtet, sagte der Sprecher." Hennings hatte sich auf den Stuhl fallen lassen und sagte tonlos: „Ausgerechnet Pinkel. Mein politischer Ziehsohn – ein Brutus." „Eine schwere Stunde," bedauerte ihn Säger, „Sie haben sie nicht verdient." „Er hätte nur zu warten brauchen. Die Weichen waren gestellt." „Sie waren ein würdiger Gegner ..." „Zweifelsohne." „... voller Tatendrang und Elan ..." „In der Tat." „... und dabei immer anständig und fair." „Meine oberste Maxime." „Mit einem Wort, Sie haben sich um unser Vaterland verdient gemacht." „Das habe ich allerdings ..." Mit einem Ruck erwachte Hennings aus seiner Lethargie. „Was reden Sie da für dummes Zeug, Säger? Halten Sie keine Grabreden. Ich bin noch nicht am Ende. Das würde Ihnen so passen!" Er machte sich an seinen Schuhen zu schaffen. „Was treiben Sie da, Herr Minister?" fragte Meike Müller-Fehrenbach erschrocken. „Das sehen Sie doch, ich schnüre meine Schuhe." „Wo wollen Sie hin?" „Es gibt noch eine Chance. Noch ist nicht aller Tage Abend." „Sie meinen doch nicht etwa ..." „Ich muß zu meinem Volk. Es befindet sich in der Gewalt von Putschisten."

„Kommen Sie zur Besinnung. Es gibt keinen Weg ins Tal. Die Klettersteige sind vereist."

„Erst in der Not offenbart sich die wahre Staatskunst." „Seien Sie vernünftig. Politik ist nicht das Leben." „Politik ist das Leben. Der Wählerauftrag muß erfüllt werden." „Nur die Gesamtgesellschaft ist wichtig. Das Individuum ist bedeutungslos." Hennings aber zog sich schon den Mantel über. „Sparen Sie sich Ihre sozialistischen Parolen. Mein Volk hat ein Anrecht auf mich. Es liebt mich." Auch Säger redete jetzt beschwörend auf den Minister ein. „Als Präsident befehle ich Ihnen hierzubleiben. Das ist Fahnenflucht. Sie rennen in den sicheren Tod." „Besser, als in den politischen Tod. Außerdem haben Sie nichts mehr zu befehlen. Sie sind zurückgetreten. Hier herrscht die Anarchie. Leben Sie wohl."

„Da geht er hin," murmelte Baronin von Gumpen mit verschlossener Miene, „in seinen Lackschuhen kommt er keine hundert Meter weit. Ihre Grabrede war angebracht, Herr Säger."

Müller-Fehrenbach fuhr sie an. „Sie sind eine Zynikerin, Frau Verlegerin." „Niemand kann angeschlagene Politiker zurückhalten. Sie verhalten sich wie waidwundes Wild." Carlo riß die Türe auf, daß der Schnee hereinwirbelte. „Wieder eine Meldung!" Alphons Säger sprang auf. „Man hat den Irrtum erkannt?" „Ich glaube nicht. Auch die

Opposition schickt einen neuen Mann ins Rennen." „Das ist nicht möglich." „Offenbar doch. Man hat sogar den Namen genannt." „Wie heißt der Mann?" „Kein Mann. Eine Frau. Frau Fischer". Säger schlug sich die Hände vor's Gesicht. „Unfaßbar. Meine persönliche Referentin. Bislang zu keinem eigenständigen Gedanken fähig ..." „Dachten Sie!" ließ sich Meike Müller-Fehrenbach aus der Ecke vernehmen. „Wie konnte das geschehen? Meine Freunde in der Partei ... Ich führte sie in all den Jahren der harten Opposition ..." „Fassen Sie sich." „... versuchte jedem in seiner Eigenart gerecht zu werden ..." „Gewiß doch." Säger hielt einen Augenblick inne und schlug dann mit der Faust auf den Tisch. „Hennings hatte recht. Es gibt nur eine Lösung. Man muß alles auf eine Karte setzen." Er suchte nach seinem Mantel, dem ihm Frau von Gumpen hilfsbereit zuwarf. Meike Müller-Fehrenbach war entsetzt. „Sie wollen doch nicht etwa ebenfalls ...?" „Es ist unvermeidlich." „Aber Sie wollten doch eben noch Hennings davon abhalten." „Manche Menschen kann man erst posthum verstehen." „Ich halte das für Irrsinn!" „Daran sieht man, daß Ihnen für Politik jegliches Talent fehlt. Leben Sie wohl, Herrschaften." Er riß die Tür auf und eilte hinaus. Die Baronin von Gumpen sah ihm schmunzelnd nach. „Da geht er hin in die ewigen Wahlkreise. Gerissen aus der Mitte unseres Lebens. Und er hatte solche Führungsqualitäten." Müller-Fehrenbach setzte sich völlig verstört auf einen Stuhl. „Dieser Einsatz!" murmelte sie, „Es wirft ein völlig neues Licht auf die beiden. Ich hielt sie immer für hemmungslose Opportunisten. Nur auf ihr eigenes Wohl bedacht." „Der Wille zur Macht." entgegnete Frau von Gumpen, „Er ist ihnen zum Verhängnis geworden." „Dennoch. Irgendwie bewundernswert. Engagement bis zum letzten." „Skrupellosigkeit, nennen Sie es lieber Skrupellosigkeit. Gegenüber anderen, wie gegenüber sich selbst." „Sie haben nicht viel Mitgefühl!" „Richtig erkannt." „Sie hätten es auch mir gegenüber nicht?" „Die Frage stellt sich nicht. Sie werden nicht abhauen." „Weshalb sind Sie so sicher?" „Weshalb? Ganz einfach. Weil über Sie kein Wort in den Nachrichten kommen wird." „Natürlich nicht. Meine Kandidatur ist unangetastet." „Nein, Sie Gänschen. Weil meine Sender Anweisung haben, die alternative Szene totzuschweigen. Vermutlich sind Sie als erste abgesetzt worden. Sie liegen hier oben lebendig begraben ..." „Wie ... wie meinen Sie das?"

Die Verlegerin grinste wortlos und ging an Meike Müller-Fehrenbach vorbei in den Nebenraum. Kurze Zeit später kam sie im Mantel und mit einer prall gefüllten Reisetasche zurück. Mit einem zuckersüßen Lächeln sagte sie: „Ich möchte mich von Ihnen verabschieden, meine Liebste." „Verabschieden?" „Ja, ich reise ab." „Ich verstehe nicht. Wo wollen Sie hin?"

„Der Hüttenzauber ist zu Ende. Auf mich wartet viel Arbeit. Die Angelegenheit wird eine Menge Staub aufwirbeln. Viel zu tun für die Presse. Allein die Nachrufe …" „Tut mir leid. Ich verstehe immer noch nicht." „Wie immer. Das Spiel ist aus, Mädchen. Es hat mich sehr amüsiert. Wirklich." „Welches Spiel? Wovon reden Sie überhaupt?" „Das Spiel um Macht und Eitelkeit. Das Spiel um Leben und Tod. Nennen Sie es, wie Sie wollen. Die beiden jedenfalls haben toll mitgespielt. Jede ihrer Handlungen war im Detail voraussehbar. Auch die letzte."

„Soll das etwa heißen…" „Exakt. Sie sind auf der richtigen Spur." „Die ganze Angelegenheit …"

„Die ganze Angelegenheit war fingiert. Sorgfältig ausgeklügelt und durchgeplant. Wir hätten die ganze Zeit abreisen können. Selbstverständlich verfügt mein Helikopter über ausgezeichnete Blindflugeinrichtungen. Und Carlo war in der Tat lange Jahre Hubschrauber-Pilot bei der US-Army." „Der Schneeinbruch …" „Ich habe den Termin zweimal verschieben müssen, ehe der Wetterbericht endlich paßte!" „Die Nachrichten-Meldungen …" „Alles Enten. Erstunken und erlogen. Im Helikopter befindet sich aller mögliche Plunder, nur kein Transistor-Radio. War mir zu gefährlich. Befürchtete gar, einer der beiden Burschen würde sich heimlich zum Hubschrauber schleichen, um danach zu suchen. Aber man sollte derlei Leute nicht überschätzen …" „Carlo war von vornherein eingeweiht?" „Natürlich. Ein anhänglicher Bursche. Absolut zuverlässig. Freilich mußte er darauf bestehen, die Meldungen allein abzuhören." „Sie rechneten damit, daß die beiden in den Tod gehen würden?" „Hundertprozentig. Ich konnte mich voll auf ihre gekränkte Eitelkeit verlassen." „Sie haben sie sozusagen hingerichtet – ohne sich selbst die Finger schmutzig zu machen." „Sie sagen es, Kindchen." Meike Müller-Fehrenbach starrte entgeistert aus dem Fenster. „Aber warum? Um alles in der Welt – warum haben Sie das getan?" „Warum? Damit es zwei Dummköpfe weniger gibt auf dieser Welt. Bornierte, rücksichtslose Dummköpfe. Außerdem hatte ich persönliche Gründe." „Daß Ihre Zeitungen und Fernsehsender florieren?" „Auch das. Ein nützlicher Nebeneffekt. Ich gebe es zu. Aber das war es nicht allein."

„Sondern?" „Sie sind neugierig. Aber schön. Es spielt keine Rolle mehr. Ich werde es Ihnen erzählen. Knapp und präzise: Nicht nur Haubenthaler war einst ein aussichtsreicher Politiker, nein. Auch ich versuchte, in diesem Metier groß zu werden. Man gab mir gute Chancen, ich hatte bessere Verbindungen als er. Seilschaften, sagt man da wohl. Doch mich erwischte es eher als ihn. Schon auf dem Weg ins Kabinett wurde ich abgesägt. Eine Frau in der Regierung? Unmöglich! Man warnte mich. Um mich herum brodelte es von Intrigen und Unterstellungen. Eine Weile konnte ich jede Klinge parieren, aber dann traf man mich in den Rücken. Ein Mitglied der eigenen Fraktion behauptete, ein Zeuge habe mich bei geheimdienstlichen Kontakten mit ausländischen Agenten beobachtet. Kompletter Unsinn, wie Sie mir glauben dürfen. Der Vorwurf aber würde Staub aufwirbeln. Zuviel Staub, das war mir klar. Die Karriere war zu Ende. Der Kollege hieß ... Friedrich Hennings. Sein Zeuge war unverdächtig. Er kam von der Opposition. Sein Name ... Alphons Säger. Die beiden setzten mir die Pistole auf die Brust. Entweder ein Rückzug in aller Stille – wobei ich das Gesicht wahren könnte – oder der öffentliche Eklat." Sichtlich erregt begann Baronin von Gumpen auf und ab zu gehen. „Auch ich überlegte, welche Wege mir blieben. Die Kugel? Dazu war ich zu zornig. In die Wildnis wie Haubenthaler? Dafür bin ich nicht gebaut. Ein Privatleben an Herd und Waschmaschine? Dann lieber doch die Kugel! Nein – ich trat die Flucht nach vorne an.

Ich suchte mir ein anderes Feld, auf dem ich Karriere machen wollte: die Presse. Eine Zeitlang beobachteten Säger und Henning mißtrauisch meine Aktivitäten. Doch nach außen hin tat ich, als hätte ich den beiden alles vergeben. Ich hofierte sie, lud sie zu Banketten und Empfängen. Sie fühlten sich geschmeichelt. Ich wiegte sie in Sicherheit. Eine trügerische Sicherheit – denn insgeheim schwor ich ihnen Rache. Zielstrebig und zäh ging ich meinen Weg im Pressewesen. Die Eitelkeit meiner Klienten machte es mir leicht. Stufe um Stufe ging's bergauf, bis ich vor fünf Jahren dort war, wo ich hin wollte. Ich kontrollierte die gesamte Pesse des Landes. Ich hielt die Politiker wie Marionetten in meinen Fingern. Sie tanzten nach meiner Pfeife. Auch Henning und Säger! Gerade sie ... Eine Zeitlang dachte ich, daß mein Zorn damit verrauchen würde. Doch als ich hörte, daß einer von den beiden wohl Präsident werden würde, war mir klar: Das wirst du verhindern! Lange wußte ich nicht, wie. Aber als mir Säger diesen neunmalklugen Plan eines Geheimtreffens offerierte, da wußte ich, daß meine Stunde gekommen war. Alles übrige war einfach ..." „Diabolisch." „In der Tat."

„Und Haubenthaler? Was hat er Ihnen getan?" „Nichts. Er hatte Pech und kam zur falschen Zeit. Er hätte meinen Plan fast zunichte gemacht. Ich hatte keine Wahl." „Sie haben drei Menschen auf dem Gewissen." „Bald vier, Kindchen." „Warum erzählen Sie mir das alles? Ich kann Ihnen gefährlich werden." „Wohl kaum. Ich lasse Sie hier zurück. Der Wetterbericht meldet eine lange Schneeperiode. Sie können es ja zu Fuß versuchen." „Man wird Ihnen auf Ihre Schliche kommen." „Kaum. Ich befinde mich zur Zeit bei Geschäftsfreunden in der Toskana. Mein Alibi ist hieb- und stichfest." „Und Carlo?" Veronika von Gumpen kicherte.

„Keine falsche Hoffnung. Auf Carlo ist Verlaß. Er ist mein bester …"

In diesem Moment ertönten von draußen die Geräusche eines startenden Helikopters. Die Verlegerin stutzte und trat schnell ans Fenster. „Zum Teufel, was soll das?"

Auch Meike Müller-Fehrenbach war zum Fenster gelaufen. „Der Hubschrauber startet."

„Der Hubschrauber …?" „Carlo hat die Türen geschlossen. Ich glaube, er winkt uns zu."

„Mir schwant Fürchterliches! Dieser verdammte Idiot!" Mit diesen Worten stürzte die Verlegerin zur Türe und verschwand im heftigen Schneetreiben …

11.
Die Biedermeieruhr, die eine Wand des grünen Salons schmückte, tickte leise vor sich hin. Baronin von Gumpen saß im Morgenmantel vor einem zierlichen Damenschreibtisch, auf dem eine alte Schreibmaschine stand und tippte schweigend einige Zeilen. Dann nahm sie das Blatt aus der Maschine, stand auf, ging auf und ab, und las halblaut vor sich hin:

„Ohne auf das heftige Schneetreiben zu achten, stürzte die Verlegerin ins Freie und starrte auf den Felsvorsprung, auf dem seit Tagen der Helikopter gestanden war. Ein heftiges Rütteln durchfuhr die Maschine, die Rotorblätter fauchten durch die Luft und peitschten der Verlegerin den Schnee entgegen. Mit beiden Händen suchte sie ihr Gesicht zu schützen. Dieser Idiot! hämmerte es in ihren Schläfen. Dieser verdammte Idiot! Aber es war alles vergebens, mit ohrenbetäubendem Lärm hob die Maschine ab, und verschwand spurlos in dem weißen Gestöber. Bleischwer wandte sich Viktoria von Gumpen ab und wollte eben der Berghütte zustreben, als sie auf dem Holzstoß, von einem Stein beschwert, ein Blatt Papier erblickte. Sie riß es hervor, die Handschrift darauf stammte unzweideutig von Carlo! Tut mir leid, stand darauf in schnell hingeworfenen Zeilen zu lesen, aber diese Exklusivstory ist die Chance meines Lebens. Habe über Funk Kontakt zu mehreren ausländischen Illustrierten aufgenommen. Zahlen sechsstellige Honorare. Bin auf dem Flug nach Zürich. Der Hüttenzauber ist zu Ende. Gruß, Carlo."

Langsam ließ Viktoria von Gumpen das Blatt sinken, dann zerknüllte sie es und warf es heftig auf den Boden. „Verflucht! Viel zu kitschig! Dieses Pathos! Das ist kein Schluß für eine Kurzgeschichte... Immer das gleiche, immer diese Schwierigkeiten, einen überzeugenden Schluß zu finden... Und sowas will eine Schriftstellerin sein? Man sollte als Verleger den Autoren eben nicht ins Handwerk pfuschen!" Sie zündete sich eine Zigarette an. Dann trat sie an den Schreibtisch, nahm ihr Manuskript zur Hand und blätterte darin. „Na ja, sonst ist sie ja ganz passabel geworden. Ein bißchen unwahrscheinlich zwar, irgendwie grotesk ... Aber andererseits – man schöpft ja nur aus den eigenen Erfahrungen!" Sie lachte verächtlich.

„So gesehen, ist die Geschichte keineswegs übertrieben. Sie könnte sich tagtäglich abspielen ..." Nachdenklich ging sie auf und ab, blieb abrupt stehen, kicherte dann leise.

„Warum eigentlich nicht? ... Warum eigentlich nicht? ... Warum eigentlich nicht?!"

Entschlossen nahm sie den Hörer eines altmodischen Telefons ab, das ebenfalls auf dem Schreibtisch stand. „Hallo, Jean-Pierre, würdest du mir einen Gefallen tun? Sei so lieb und erkundige dich beim Wetteramt über die Schneefälle der nächsten Tage in den Bergen – Ja, Schneefälle – Warum? – Nein, ich will nicht zum Skifahren. Ich erklär dir's später. Und dann gib mir die Telefonnummern von unseren beiden Präsidentschaftskandidaten. Ich möchte sie sprechen – Wie bitte? – Ja, es eilt – Außerdem sollen die Leute den Hubschrauber parat halten. Es kann sein, daß ich ihn kurzfristig benötige – Wie bitte? – Wer den Helikopter fliegen soll? – Carlo? – Nein, auf keinen Fall Carlo! Johnny soll fliegen, unbedingt. Und mach' die Papiere für Carlo fertig – er ist entlassen! Fristlos!!"

Der Totenhund

Noch war es ein schmaler, aber deutlich erkennbarer Waldweg, der sie unter Fichtenzweigen und Brombeergestrüpp Schritt für Schritt in die Höhe führte. Bald schon hatten die beiden Männer einen gemeinsamen Rhythmus in ihren Bewegungen gefunden, und die Atemstöße, die als weiße Dampfwolken in die Bergluft aufstiegen, wurden regelmäßiger. Schon eine gute Stunde war auf diese Weise vergangen, und die ersten Sonnenstrahlen durchzogen bereits den Dunst, als der schmächtigere der beiden Männer innehielt, schweratmend die Hände in die Hüften stützte und angestrengt den Waldsaum fixierte, den sie vor kurzem durchquert hatten. Auch sein Vordermann, vom plötzlich fehlenden Geräusch der Tritte aufmerksam gemacht, blickte sich um. „Was ist los, Jörg, bist du schon müde?" fragte er schnaufend. Doch Jörg antwortete nicht, legte nur den erhobenen Zeigefinger auf die Lippen und deutete mit der anderen Hand an jene Stelle, wo sich die kaum mehr sichtbare Linie ihres Pfades aus dem nassen Latschengestrüpp wand. Tatsächlich schien sich dort etwas zu bewegen, und nach einigen Augenblicken löste sich undeutlich ein Schatten aus dem Hintergrund. „Na, was haben wir denn da?" flüsterte Jörg erstaunt. Mit einer vorsichtigen Bewegung streifte er sein Fernglas vom Rucksack, hob es an die Augen und runzelte einen Moment lang die Stirn. Dann lachte er laut auf. „Weder eine Gemse noch ein Fuchs," rief er laut, „nicht einmal ein Murmeltier!" Und, als er immer noch die fragenden Augen seines Bergkameraden sah: „Ein Hund ist's, ein ordinärer Bauernköter!" Tatsächlich hörte man aus der Ferne schon ein heiseres Bellen, und nach und nach konnte man das Tier erkennen. Es war ein mittelgroßer, pechschwarzer, in der Rasse nicht identifizierbarer Mischling mit großen Ohren und einem ständig sich bewegenden Stummelschwanz. Mit wenigen Sätzen hatte er rasch die beiden Bergsteiger erreicht und begann neugierig an ihren Hosenbeinen zu schnüffeln. „Na, schüchtern ist er jedenfalls nicht," lachte Paul amüsiert, zog ein Stückchen Wurst aus der Rucksacktasche und warf es dem Tier hin, das den Leckerbissen sofort verschlang. Zutraulich begann der Hund sein Fell an den Knien der beiden Männer zu reiben. „Wem er wohl gehören mag?" Jörg blickte wieder auf das Waldstück zurück, weit und breit war niemand zu sehen. „Wahrscheinlich ist er aus dem Dorf ausgerückt, er wird schon wieder umkehren", entgegnete Paul, „wir sollten uns jetzt nicht mehr aufhalten lassen, sonst brennt uns die Sonne

später die Haut vom Leib!" Jörg nickte zustimmend. Mit wenigen Handgriffen packten die beiden Männer ihre Habseligkeiten zusammen und setzten den Weg fort, nicht ohne hin und wieder auf den Hund zurückzublicken, der ihnen unbeirrbar im Abstand von mehreren Metern folgte. Die Sonne war inzwischen vollends aufgegangen. Nach zwei weiteren Stunden Fußmarsch wurde die Vegetation dürftiger. Obwohl sie ihn in dem eintönigen Trott fast vergessen hatten, genügte ein zufälliger Blick zurück: Der Hund war immer noch da. Er hatte sich zwar ein Stück zurückfallen lassen, zeigte aber keinerlei Anzeichen von Erschöpfung, sondern sprang behende den felsigen Steig entlang, bis er die beiden verschnaufenden Männer wieder erreicht hatte. „So geht das nicht weiter mit dir!" herrschte ihn Paul jetzt an, „hau endlich ab, sonst findest du nicht mehr zurück!" Mit einigen raschen Handgriffen streifte er seinen Anorak über den Kopf, begann damit heftig zu wedeln und mit furchterregendem Geschrei auf den Hund zuzulaufen. Tatsächlich legte das Tier verdutzt die Ohren an den kantigen Schädel, bellte aufgeregt und wich einige Meter zurück. Doch sobald Paul seine Bemühungen einstellte, schlich der Hund wieder vorsichtig an ihn heran und blickte mit großen Augen auf die zwei ratlosen Männer. Auch der Versuch, sich durch Steinwürfe des ungebetenen Begleiters zu entledigen, scheiterte. Geschickt wich der Hund allen Geschossen aus, indem er wie ein tanzender Derwisch von Felsplatte zu Felsplatte sprang. „Wir können ihn nicht weiter nachlaufen lassen, jetzt, wo die Kletterei endlich beginnt", knurrte Paul mißvergnügt, „der bricht sich noch das Genick mit seiner Anhänglichkeit." „Du hast wohl recht," Jörg zuckte die Schultern, „aber was sollen wir tun? Umkehren deswegen?" „Das würde mir gerade noch einfallen! Nein, es bleibt uns nichts anderes übrig ...," Paul fischte ein Stück Repschnur aus seinem Rucksack, „... wir binden ihn hier an den Baum und wenn wir zurückkommen, nehmen wir ihn in Gottes Namen wieder mit." „Aber das kann ja sechs, sieben Stunden dauern!" Jörg konnte sich mit der Idee seines Kameraden nicht anfreunden. „Na und", erwiderte Paul hartnäckig und begann das Tier mit einer Repschnur anzuleinen, „haben wir das Vieh vielleicht gebeten, mitzulaufen? Ohne sich zu wehren, ließ das Tier die Prozedur über sich ergehen. Erst als es bemerkte, daß ihn die beiden Männer zurücklassen wollten, begann es herzzerreißend zu jaulen. Ohne weiter darauf zu achten, stiegen die Bergsteiger nun den Klettersteig hoch, der den einzigen Zugang zu dem hochaufragenden Gipfelmassiv bildete. Sorgfältig mußten sie nun ihre Tritte setzen, um auf den nassen Geröllbrocken

nicht auszugleiten. Je höher sie kamen, umso häufiger waren sie gezwungen, sich mit den Händen an Kanten und Felsvorsprüngen festzuklammern, um genügend Halt zu finden. Das Gejaule des Hundes, der nur noch als kleiner, sich bewegender Punkt unter ihren Füßen sichtbar war, wurde schwächer, wenngleich es immer noch unheimlich von den schroffen Felswänden widerhallte. Allmählich erstarb es ganz. Fast zwei Stunden kämpften sich die beiden Männer auf diese Weise Meter für Meter voran. Schroff verloren sich die steil abfallenden Felswände auf der linken Seite in fahlgelben Schotterhalden, während sich zur Rechten eine steinerne Rinne in die Höhe schraubte. Oberhalb dieser fast senkrecht aufstrebenden Spalte mußte wohl das langersehnte Ziel, das Gipfelplateau, liegen, und so machten sich die beiden Männer unverzüglich daran, diese letzte Barriere zu überwinden. Schließlich war es geschafft. Mit einem letzten Ruck zog sich Paul, der vorangestiegen war, auf das kleine Gipfelplateau, drehte sich um und wollte eben auch seinem Kameraden über die schartige Felskante helfen, als sein Blick an den Fuß der eben durchquerten Felsrinne fiel. Sein Gesichtsausdruck wirkte so entgeistert, daß auch Jörg mit einer heftigen Bewegung den Hals reckte und hinter sich in die Tiefe starrte. Von drunten drang ein heftiges Bellen den Felsspalt herauf und deutlich konnte

man die Umrisse eines mittelgroßen, schwarzen Hundes erkennen! Kein Zweifel, das war der Hund von heute morgen. Er mußte es irgendwie geschafft haben, sich von der Leine freizumachen und ihrer Spur stundenlang zu folgen. Jörg begann so heftig zu fluchen, daß ihn sein Seilpartner erschrocken anschaute. Doch auch Paul war außer sich und fuchtelte wild mit den Armen. Irgendwie schien der Hund die Schreie und Bewegungen der Männer über ihm aber völlig mißzuverstehen, denn er stutzte einen Augenblick, wedelte dann freudig mit seinem Stummelschwanz und machte Anstalten, die steile Rinne hinaufklettern zu wollen. Fassungslos, von der unbeugsamen Willenskraft des Tieres aber auch fasziniert, starrten beide Männer in die Tiefe. Mit einer unwahrscheinlichen Geschicklichkeit sprang der Hund von Vorsprung zu Vorsprung, fand auf wenige Zentimeter breiten Stufen Halt und orientierte sich mit einer traumhaften Sicherheit. Bis zum Gipfel hinauf war das Kratzen seiner Krallen und sein heftiger Atem zu hören. Fast die Hälfte der Rinne hatte das Tier auf diese Weise schon hinter sich gelassen. „Das wird uns kein Mensch glauben," flüsterte Paul erregt, „ich muß das photographieren!" Mit einer Drehung wollte er sich gerade seinem offenen Rucksack zuwenden, als sich unter seinem Bergstiefel ein faustgroßer Steinbrocken zu lösen begann und langsam ins Kullern kam. „Vorsicht, der Stein!" schrie Jörg entsetzt auf, aber der Granitbrocken hatte schon laut scheppernd seinen Weg in die Rinne gefunden, krachte mehrere Male gegen vorstehende Felsnasen und raste mit zunehmender Wucht in die Tiefe. Der Hund konnte angesichts des überraschenden Geräusches gerade noch den Kopf heben, als ihn das Geschoß auch schon in die Flanke traf und ihn von dem Steinvorsprung riß, auf dem er sich einige Augenblicke ausgeruht hatte. Ohne einen Laut von sich zu geben, überschlug sich der Körper des Tieres mehrere Male, prallte wiederholt gegen die Wand und rollte schließlich, als das Gelände flacher wurde, noch einige Meter dahin. Reglos blieb er auf der Geröllhalde am Fuß der Rinne liegen. Aus der geöffneten Schnauze floß ein dünner Faden Blut. Zitternd schwangen sich die beiden Alpinisten ihre Rucksäcke um, schlugen einen schweren Haken in das Gipfelmassiv und begannen, sich mit dem langen Seil abzuseilen. In wilden Sprüngen überwanden sie auf diese Weise die Strecke innerhalb weniger Minuten. An der Schutthalde angelangt, liefen sie unverzüglich auf das Tier zu. Es lebte, atmete aber rasselnd, und seine großen, bernsteinfarbenen Augen blickten erschrocken auf die beiden Männer. Um seinen Hals hing ein ausgefranstes, offensichtlich durchgebissenes Stück Repschnur. Willenlos

ließ es über sich ergehen, daß ihm Jörg am Hinterlauf, wo eine tiefe Fleischwunde klaffte, einen notdürftigen Verband anlegte, während Paul beruhigend auf das Tier einredete und seinen Kopf hielt. „Was sollen wir bloß mit ihm machen, laufen kann er in dem Zustand doch nicht?" murmelte Paul ratlos. „Zurücklassen können wir ihn jedenfalls nicht, er würde die Nacht im Freien nicht überstehen," entgegnete Jörg, „es hilft alles nichts, wir werden ihn tragen müssen." Vorsichtig hob Paul den Hund, der vor Schmerzen leise winselte, auf und umfaßte ihn mit beiden Armen. Schritt für Schritt begann also der Abstieg, der auf diese Weise ein Vielfaches der Zeit erforderte, die die beiden Männer allein benötigt hätten. Schon nach einer halben Stunde schmerzten Paul die Arme dermaßen, daß sie wechseln mußten. So ging das die ganze Strecke, während die Sonne sich schon dem Horizont zuneigte und leichte Abendnebel heraufzuziehen begannen. Die letzte Stunde mußten sie bereits in völliger Dunkelheit zurücklegen. Während einer der Männer wenige Meter vorausging, um den Weg zu erkunden, folgte der andere vorsichtig mit dem Hund im Arm, der keinen Laut von sich gab. Schließlich konnte man von ferne die Lichter des Dorfes erkennen, von dem aus sie am Morgen losgezogen waren. Nach einer Viertelstunde erreichten sie ihr Auto. Paul öffnete den

Kofferraum, legte einige alte Decken zusammen und bettete das verletzte Tier darauf. Dankbar leckte ihm der Hund die Hände. Ohne den Deckel wieder zu schließen, gingen sie daraufhin in den kleinen Ort hinein, in der Hoffnung, den Besitzer des Hundes ausfindig machen zu können. Am ersten der niedrigen Bauernhäuser klopften sie heftig an die Türe, trotzdem waren erst nach längerem Warten schlurfende Schritte zu vernehmen. Nur einen Spalt öffnend, blickte eine alte Frau mißtrauisch auf die beiden Fremden. „Da gibt's keinen Besitzer mehr," nuschelte die Alte ausdruckslos, nachdem ihr Jörg die Situation begreiflich zu machen suchte, „das war sicher der Hund vom Sterflinger Lenz. Das war einer unserer besten Bergführer in der Gegend. Bis er vor einem halben Jahr um'kommen ist, droben in der Wand." Mit einem Kopfnicken deutete sie finster in die Richtung, aus der die beiden Bergsteiger gerade herkamen. Einen Moment trat beklommene Stille ein. „Seither streunt sein Hund umher, der bleibt bei niemandem. Bloß droben am Berg, da wird er alle Augenblick g'sehn. Das is er halt sein Lebtag lang gewohnt g'wesen." Heftig schüttelte die Alte den Kopf. Nein, in ihrem Haus wolle sie den Hund nicht aufnehmen, auf gar keinen Fall. Erstens würd' er sowieso nicht bleiben, der beißt sich überall durch, und dann ist er auf und davon. Und zweitens, der Hund von einem Toten, nein, das bringt kein Glück!" Sprach's und schloß die knarrende Holztüre hinter sich zu. Unzufrieden mit dem Ergebnis ihrer Bemühungen kehrten die beiden Männer wohl oder übel zu ihrem Auto zurück. Fast schien es so, als bliebe nichts anderes übrig, als das Tier tatsächlich in den Schuppen zu legen und es so seinem weiteren Schicksal zu überlassen. Keinem der beiden war wohl bei diesem Gedanken, und schließlich war es Paul, der als erster eine andere Lösung andeutete: „Dann werden wir ihn halt für's erste doch mitnehmen müssen. Irgendwie wird's schon gehen in der Stadt, notfalls muß er eben ins Tierheim." Jörg zögerte einen Augenblick, nickte dann, ging langsam um den Wagen herum und wollte eben nach dem Tier sehen, als er jäh stehenblieb: der Kofferraum war leer! Der Hund war weg. Nur noch ein kleines Stück der durchgebissenen Repschnur lag am Boden und erinnerte an das seltsame Geschöpf, das die Bewohner dieses entlegenen Hochtales Totenhund nannten. Aus der Dunkelheit aber, dort, wo sich der steinige Weg schon ein gutes Stück den Berg hochgeschlängelt hatte, hallte ein langgezogenes, heiseres Bellen zu den beiden Männern herunter.

Die Pfuscherin

Das abenteuerliche Leben
der Doktorbäuerin und Wunderheilerin
Amalie Hohenester von Mariabrunn

Roman
von Norbert Göttler-Westermayr

DM 34,–
(Ehrenwirth-Verlag, München, ISBN 3-431-03218-4)

„Es gelingt dem Autor, den Leser mit jedem neuen Kapitel in eine neue Szene und Atmosphäre hineinzuversetzen. Das karge und armselige Leben der Bauern, die Gerüche und der Qualm in der engen Kräuterküche, der bestialische Gestank und die grausigen Anblicke im von der Cholera geplagten München erscheinen ebenso plastisch wie Amalie Hohenester selbst." (Süddeutsche Zeitung)

„Amaliens ungewöhnlicher Aufstieg von der Straßenhure bis zur erfolgreichen und angesehenen Geschäftsfrau entfaltet sich vor den Augen des Lesers in zahlreichen, mit viel Liebe zum Detail geschilderten Szenen." (Literatur in Bayern)

„Ein Lebens- und Zeitbild aus dem 19. Jahrhundert in spannender und freier Erzählung." (Deutsche Presse-Agentur dpa)

„Dieser Roman ist jedem nützlich, der zu den historischen Fakten auch noch die entsprechende atmosphärische Schilderung sucht."
(Bayerische Staatszeitung)

Drachenfreiheit

Gedichte
von Norbert Göttler-Westermayr
mit acht Aquatinta-Radierungen von Klaus Eberlein
und einem Nachwort von Heinz Puknus

Normalausgabe DM 39,–
(Ehrenwirth-Verlag, München,
ISBN 3-431-03303-2)
Vorzugsausgabe DM 520,–
(Edition Curt Visel, Memmingen,
ISBN 3-922406-57-2)

„*Der Drache, der an seiner Schnur reißt, um seine Freiheit zu fordern, ist nur ein Bild, das der einfühlsame Lyriker hier auf meisterhafte Art zeichnet. Doch fehlt in seiner dichten Darstellungsweise nie die reflektive Seite, die das gefährdete Individuum in seiner Umwelt zeigt. Eine nachdenkliche Lyrik, in der es aber trotz allem Hoffnungsschimmer gibt.*" (Literatur in Bayern)

„*Etwas Seltenes spüre ich beim Lesen dieses Bandes: die reiche, jedoch nicht pompöse Weite um jeden einzelnen Buchstaben, jeden Vers.*" (Heinz Piontek)

„*Diese Gedichte vermitteln Sensibilität, das für jeden Lyriker unverzichtbare Gespür für die ‚Dinge dahinter'. Sie bleiben nicht an der Oberfläche, sondern loten die Tiefe aus.*" (Michael Groißmeier)

„*In lapidarer Verdichtung kommt Einsicht, Erkenntnis ‚zu Wort'. werden Bilder mit wenigen Strichen gezeichnet, nicht gemalt. Beides zusammen ergibt mitunter eine poetisch konzentrierte Parabolik, die an beste Traditionen neuerer Lyrik anschließt. Umso stärker und intensiver die Wirkung dieser Gedichte, die sich einer ganz und gar eigenen ‚Sehweise' verdanken, einem schon unverwechselbaren Blick, der die Oberflächen durchdringt.*" (Heinz Puknus)